LE

R. P. LACORDAIRE.

Fr. Henri-Dominique Lacordaire,
des Fr. Prêch.

LE

R. P. LACORDAIRE

PAR

P. LORAIN.

EXTRAIT DU CORRESPONDANT.

PARIS

SAGNIER ET BRAY, LIBRAIRES-ÉDITEURS,

RUE DES SAINTS-PÈRES, 64.

1847

R. P. LACORDAIRE.

Bien qu'il n'y ait nul besoin, à vrai dire, de louer et de publier encore l'éloquente parole qui descend depuis plusieurs années de la chaire de Notre-Dame, sous l'œil de l'épiscopat, en présence d'un populeux auditoire, s'accroissant toujours et demeurant toujours choisi, on aurait le droit de s'étonner enfin, de se plaindre peut-être, de notre silence prolongé devant l'éclat d'un tel succès.

Il semble que la modestie même de l'amitié n'ait plus d'excuse pour se taire désormais sur un nom dont l'illustration populaire a devancé la maturité de l'âge.

Les organes les plus graves comme les plus légers de la publicité, les journaux, les revues, qu'ils fussent indifférents, favorables ou hostiles à la pensée chrétienne, ont parlé avant nous du R. P. Lacordaire. Les beaux-arts ont reproduit ses traits sous plusieurs formes. Un grand nombre des plus grandes villes de France ont sollicité et entendu sa voix, et la province ne s'est pas montrée moins empressée que Paris. Le bel esprit du feuilleton lui-même, cet enfant perdu de la mode, a jeté ses piqûres et son grain d'encens à la robe blanche du Dominicain. Il a daigné s'informer si l'œil du moine était toujours aussi beau, son visage aussi maigre et aussi pâle, si les années n'avaient pas apporté quelque ehangement à son corps ; et la malice des voluptueux du monde s'est fort égayée sur la destinée qui condamne souvent les grands hommes à l'embonpoint , comme autrefois Napoléon.

La biographie a eu son tour, cette biographie contemporaine qui invente des grands hommes plutôt que d'en manquer. Les biographes abondent en ce siècle, et je ne sais ce qu'annonce un pareil signe. Il a été remarqué que les biographes fleurissent et pullulent précisément aux époques de décadence. Lorsque Plutarque écrivait la *Vie des hommes illustres,* les hommes illustres étaient déjà devenus fort rares. Dieu veille réserver une meilleure chance à notre patrie !

Le P. Lacordaire n'a ni trop à se louer, ni trop à se plaindre de ceux qui ont voulu raconter sa vie. Il n'y a pas eu en ce qui le touche beaucoup plus de choses inexactes ou incomplètes qu'il ne s'en rencontre d'ordinaire dans les autres biographies du jour. Ce genre de littérature répond, du reste, à notre curiosité naturelle. On aime à remonter jusqu'à la source du beau fleuve qui fertilise la plaine, soit qu'il naisse dans une vallée riante, soit que son origine se cache dans d'abruptes montagnes. Et puis le talent, le caractère d'un homme éminent, se comprennent mieux, se jugent mieux, alors qu'on connaît sa jeunesse, la suite et les accidents de sa vie. Il y a de secrets et inévitables rapports entre l'homme privé et l'homme public. Le plus grand danger de la biographie contemporaine, c'est qu'elle raconte et estime la vie des hommes avant qu'elle soit finie , et s'expose ainsi à des *errata* étranges, quand bien même elle aurait écrit d'abord sur des documents suffisants et sincères.

La renommée du P. Lacordaire vaut bien sans doute que nous corrigions les erreurs et les inexactitudes qui sont le plus généralement répandues sur lui.

Et cependant, lorsque tant de raisons nous pressent de parler de l'orateur chrétien, nous ne nous défendons point encore de quelque embarras, de quelque défiance de nous-même.

Non que nous hésitions dans la sincérité de nos paroles amies ;

mais la difficulté de bien faire nous effraie, et plus d'une sorte de crainte nous arrête.

Et d'abord, s'il s'agissait d'apprécier le prédicateur catholique dans la partie théologique et dogmatique de son œuvre, nous nous inclinerions avec respect devant un tel fardeau sans oser l'accepter. Il y aurait à nous tout à la fois irrévérence et incompétence à vouloir juger l'intérieur d'une doctrine qui ne relève que de ses supérieurs naturels, de l'autorité de l'Eglise. En pareille matière, il ne nous siérait ni de critiquer, ni d'approuver, ni même de louer.

Il reste donc la partie extérieure et littéraire, la forme oratoire, la vie du discours, qu'il nous est permis d'apprécier. Mais ici même que de périls et quelle impuissance est la nôtre!

La critique et les théories de l'art échouent toujours à révéler aux profanes les mystères de l'éloquence et de la poésie. Je ne sais même si l'orateur n'est pas encore plus impossible à analyser que le poëte. Comment réussir jamais à traduire ces accents de l'âme, cette émotion de la voix, cette action du regard, cette puissance *du geste qui achève la parole* (pour me servir d'une expression du P. Lacordaire), ces mouvements infinis, cette attitude variée du corps entier de l'orateur, et ces merveilleuses communications qui s'établissent entre celui qui parle et ceux qui écoutent? Tout cela s'adresse aux facultés les plus délicates, les plus secrètes du sentiment, bien plutôt qu'au jugement et à la logique. Aussi, que reste-t-il le plus souvent de ces organisations magnifiques dont la passion répondit si bien à la passion de leur auditoire, qu'il semble que l'auditoire les créa lui-même? L'éloquence s'écoule, pour ainsi dire, avec les flots de la multitude qui l'écouta, et il demeure seulement dans la postérité comme une incompréhensible mémoire, un retentissement vague, et s'effaçant chaque jour davantage, des prodiges produits par une parole humaine, à un point donné du temps et de l'opinion.

Et si, par hasard, à ce don de la parole, le plus beau des présents que Dieu puisse faire à l'intelligence de l'homme, se trouve réuni le talent d'écrire, allez demander à l'écriture, cette parole muette, de reproduire pour vous les miracles de la parole vivante et animée! A relire froidement, après leur siècle, après leur moment, ce que nous ont laissé les plus éloquentes renommées, que de déceptions profondes ! Et qui de nous n'en a pas fait plus d'une épreuve amère, en lisant, par exemple, les plus beaux monuments de l'éloquence politique contemporaine, à commencer par Mirabeau lui-même ? Si vous exceptez quelques pages, les impressions vives dorment presque tout entières dans la tombe du tribun.

Alors même que le génie de l'écrivain fut égal dans le même homme à la sublimité de l'éloquence, la mort et le silence voileraient encore à jamais la plus belle, la plus souveraine part de l'orateur. Ce sera toujours Eschine, vaincu et exilé, lisant, à l'admiration de son auditoire, la dernière harangue de son rival, de son vainqueur Démosthènes, et s'écriant : *Que serait-ce donc, si vous aviez entendu le lion lui-même rugir sa harangue ?*

L'éloquence sacrée, pour se nourrir de la substance des vérités éternelles, pour s'adresser moins que toute autre aux passions périssables, n'en subit pas moins une grande part de ce qui est réservé à toute gloire, à toute parole humaines.

L'orateur chrétien est obligé aussi de se plier aux besoins comme aux goûts du siècle où il vit. S'il veut faire le bien, s'il veut plaire à Dieu et être utile aux hommes, il faut qu'il revête sa pensée et sa parole du vêtement du jour, il faut qu'il soit de son temps. Ce n'est qu'à ce prix qu'il attire, qu'il captive, qu'il entraîne son auditoire. Ce n'est qu'à ce prix qu'il fait accepter la parole de Dieu par les intérêts de la terre. Et, dût-il en coûter quelque chose à la pureté, à la sévérité de la prédication antique, la chaire chrétienne, tout immobile qu'elle doive rester dans sa doctrine, est condamnée à suivre la mobilité des formes, du langage et des points du vue qui agitent ou préoccupent successivement les diverses sociétés humaines. L'histoire de l'Eglise abonde, depuis dix-huit cents ans, en glorieux exemples qui confirment nos paroles. Le talent suprême de toute éloquence ne cessera jamais de consister à répondre le mieux aux nécessités morales, aux nécessités intérieures et extérieures d'un avide auditoire.

Nous comprenons fort bien que cette partie variable de l'orateur sacré, cette partie qui s'assouplit à chaque époque, doive être précisément le terrain mobile où la critique peut exercer ses droits. Il ne faut nullement s'étonner des reproches qui ont été faits à la manière du P. Lacordaire. Cette manière ne peut convenir au même degré, ni

à tous les âges, ni à tous les esprits, ni à tous les rangs, ni à toutes les
éducations. Les succès signalés d'autres célébrités chrétiennes, que
je n'ai pas besoin de nommer, ont fait et feront encore beaucoup de
bien par d'autres voies. A chaque parole sa part et sa peine, selon la
diversité de sa nature propre. L'éloquence de la charité et de l'a-
postolat peut admettre une noble émulation, mais jamais de rivalité.
Et qui ne donnerait avec nous, aujourd'hui même, un profond souvenir d'admiration et de regret à cette voix absente, que la maladie
vient d'interrompre, et que Notre-Dame avait coutume d'entendre
pendant les solennités des saintes semaines?

Mais cette physionomie particulière du P. Lacordaire, si elle se bor-
nait au don purement oratoire, nous serions tenté de renoncer à la
dépeindre à nos lecteurs, et de leur dire seulement : *Allez l'entendre.*

Certes, nous croyons bien que l'élément oratoire compose le côté
souverain de l'intelligence du P. Lacordaire. C'est là que se concen-
trent l'éclat principal, et si j'ose le dire, le nerf de sa renommée. Nous
croyons même que cette suprématie de l'orateur a jeté quelques ombres sur le mérite de l'écrivain. On a parlé beaucoup plus de son éloquence que de son style; sa parole a fait tort à ses livres.

Il nous paraît toutefois que les splendides improvisations du frère
prêcheur, jusque dans leurs inégalités, couvrent les qualités solides
de l'un de nos plus remarquables écrivains.

On a moins insisté jusqu'ici sur ce mérite spécial du P. Lacordaire,
parce que l'admiration va toujours de préférence du côté où va la
gloire. Mais on aurait dû se demander si l'éloquence même de l'orateur, cette partie si insaisissable des domaines de l'esprit, n'était pas
due en grande partie, non pas seulement à l'excellence d'une nature
véhémente et impressionnable, mais aux poétiques attributs d'une
imagination puissante et colorée, d'un style vigoureux et neuf.

L'originalité du talent du P. Lacordaire, ainsi ramenée à un examen
littéraire, deviendrait plus perceptible à tous. Elle nous aiderait à
parler avec moins de hâte d'une éloquence qui n'a pas dit son dernier
mot. Elle servirait comme de lien entre les premiers travaux du prédicateur, et cette longue suite de *Conférences,* monument inachevé,
dont il nous est interdit encore de mesurer l'ensemble.

Cette circonstance même que les *Conférences* ne sont pas terminées, si elle est un obstacle capital à ce que notre esprit s'en puisse former justement une idée définitive, devra du moins dispenser la critique de se donner le tort de signaler d'avance des lacunes qui seront probablement remplies dans le plan général de l'auteur.

C'est une raison de plus pour nous d'insister sur les causes morales, intellectuelles, qui ont dirigé et rempli la jeunesse et la vie de l'homme, fécondé ses inclinations, déterminé ses résolutions principales, excité et amené les travaux et les mérites de l'écrivain, et préparé les destinées du frère prêcheur.

Quand nous aurons caractérisé ce que fut, ce que pensa, ce qu'écrivit successivement le P. Lacordaire, nous aurons travaillé beaucoup plus efficacement à faire pénétrer dans les qualités intrinsèques de l'auteur des *Conférences,* que si nous nous bornions à la stérilité de quelques remarques théoriques ou de quelques observations de détail. L'examen de l'homme et de l'écrivain nous conduira plus sûrement, et par un chemin plus nouveau, jusqu'à l'orateur catholique.

Jean-Baptiste-Henri Lacordaire est né le 12 mai 1802 dans un village de Bourgogne, Recey-sur-Ource (arrondissement de Châtillon-sur-Seine). *On ne saurait croire,* écrivait-il plus tard, *combien je suis content de n'être pas né dans une ville.* Son père était un médecin distingué, dont la famille est originaire du village de Bussières-les-Belmont, à quatre lieues de Langres. Le bisaïeul paternel du P. Lacordaire fut lui-même médecin-chimiste, ami du botaniste de Jussieu : il eut l'honneur d'offrir à Louis XV des ananas de ses propres serres, lorsque le roi de France, encore *bien-aimé,* allait au siége de Metz.

La mère du P. Lacordaire était fille d'un avocat au parlement de Bourgogne. Elle appartenait à une famille dijonnaise, la famille Dugied. Un frère de Mme Lacordaire a occupé de hautes fonctions administratives, notamment la préfecture de Colmar.

Le médecin de Recey-sur-Ource mourut fort jeune, en 1806, laissant une veuve et quatre fils. Le P. Lacordaire était le second de ses enfants [1].

---

[1] Les trois frères du P. Lacordaire sont des hommes distingués. L'aîné,

Mme Lacordaire était une veuve et une mère chrétienne qui donna
à ses quatre fils une éducation chrétienne. D'une piété simple et
forte, d'une raison saine et ferme, d'un caractère judicieux et élevé,
elle parvint, malgré l'extrême modicité de sa fortune, à donner à ses
enfants toutes les ressources nécessaires à la culture de leur esprit ;
et, ce qui était plus difficile pour une femme, son autorité de mère
sut leur inspirer jusqu'au bout le goût du devoir et du respect, et
imposer à l'effervescence et à l'indiscipline de leurs jeunes caractères.

Henri Lacordaire fut amené à Dijon dès l'âge de quatre ans.

Il semble que, dès ses plus tendres années, il eût comme une sorte
de pressentiment enfantin de sa destinée d'orateur chrétien. On se
souvient de l'avoir vu, à l'âge de huit ans, lire à haute voix aux pas-
sants les sermons de Bourdaloue, imitant à une fenêtre, qui lui servait de tribune, les gestes et la déclamation des prêtres qu'il avait
entendus prêcher.

Il entra au lycée de Dijon en 1812, à l'âge de dix ans, et en sortit
en 1819. Ses succès furent médiocres dans ses premières études ;
mais en rhétorique ils devinrent éclatants. Il mérita presque toutes
les premières couronnes. C'est à ce titre qu'il reçut une collection de
médailles représentant les rois de France, non pas, comme on l'a écrit,
à titre de récompense extraordinaire, individuelle et privilégiée,
mais par suite d'une mesure générale d'un ministre d'alors, M. Deca-
zes, je crois, qui distribua le même présent à tous les prix d'honneur
des colléges royaux.

Si les facultés intellectuelles du jeune Lacordaire se manifestaient
ainsi parmi ses condisciples, il se faisait aussi remarquer parfois par
dès éclats de fierté opiniâtre qui contrastaient avec la placidité habituelle de son humeur, et par des accès d'indépendance juvénile qui
tourmentaient les maîtres d'études et le censeur.

Né avec le XIXe siècle, la première jeunesse d'Henri Lacordaire
comprenait déjà vivement, dans la chute gigantesque de Napoléon,

connu par ses voyages dans l'Amérique méridionale et ses travaux dans
les sciences naturelles, est professeur de zoologie à l'Université de
Liége ; l'autre se livre, à Dijon, à de remarquables travaux d'architecture ; le dernier est officier de mérite dans l'armée française.

les douleurs de la patrie humiliée. Les instincts de son orgueil et de
son imagination patriotique prenaient aisément parti pour le grand
vaincu. Plus d'une fois les récréations du collége furent alors consa-
crées, non plus à la pacifique fabrication de bagues de crin, mais à
la lutte de deux partis, dont l'un soutenait l'Empire défaillant et l'autre la royauté antique. Les deux partis, pour se disputer et se pré-
dire réciproquement la victoire, s'attelaient avec transport à la double extrémité d'une longue corde, et ne pouvaient le plus souvent être
séparés dans leurs héroïques efforts que par la rupture soudaine de
la corde usée, qui précipitait à terre, dans un sens opposé, souillées
ou meurtries, les deux opinions politiques. Heureux encore si des
querelles plus sérieuses, où les bras finissaient par joindre leur action matérielle aux paroles emportées, ne venaient pas attester les
tristes divisions qui tourmentaient de jeunes esprits avant l'heure !

Du collége, Henri Lacordaire passa directement à l'École de droit
de Dijon. Le jeune rhétoricien avait, comme tant d'autres, pensé à sa
tragédie. Il avait bien même rimé plus de quatre-vingts vers d'une
tragédie classique et républicaine de *Timoléon*. Peut-être avait-il déjà
lu le théâtre d'Alfieri ; il apprenait l'italien. On connaissait de lui des
odes d'Anacréon traduites en vers français. (Ce dernier trait rappelle le jeune Rancé consacrant, on le sait, son premier travail à
Anacréon.) Quelquefois on le rencontrait, se promenant seul et sauvage, sous les saules qui bordaient un ruisseau, et rêvant de petits
vers que ses amis ont lus.

Mais l'esprit généreux et précoce de l'étudiant en droit était en
même temps trop sérieux pour dissiper et compromettre son avenir en rêves stériles de poëte incertain. Son ardente curiosité lisait
beaucoup de livres, discutait beaucoup de questions avec la verve
confiante et ignorante d'un écolier de dix-sept ans. Et pourtant il
suivait avec docilité les prudents conseils de sa mère. Il était pauvre
et voulait se faire raisonnablement un état. Il étudiait donc la science
du droit avec la suite et l'application qu'il mit toujours en toutes choses. C'était un légiste trop remarquable pour qu'il ne fût pas remarqué de ses condisciples et de ses professeurs. Le doyen de la Faculté de droit, M. Proudhon, prit garde à son élève ; mais il y avait
dans les brillantes aptitudes de l'esprit du disciple quelque chose

qui surpassait la partie positive de l'enseignement du droit moderne :
l'étudiant voulait s'élever plus haut et voir plus loin que la lettre in-
grate de nos codes. Il aspirait à des théories et à la généralisation, et
le vieux professeur lui reprochait, comme un danger, de *faire trop de
métaphysique.*

Les succès de l'Ecole de droit répondaient donc aux lauriers du
collége, et préparaient ainsi un nom de plus à la liste des noms dont
l'avenir n'a pas menti aux promesses des palmes classiques.

Dans le même temps, au sein de l'Ecole de droit de Dijon,
venait de se former une société littéraire, une sorte d'académie de
jeunes gens, de laquelle il est bon que nous parlions, non pas seulement comme d'un bien cher souvenir, mais comme d'une circonstance importante qui eut la plus grave influence sur l'esprit et la
destinée d'Henri Lacordaire.

Cette réunion de jeunes hommes, qui prit le nom de *Société d'études,*
s'était distribuée en quatre sections, qui comprenaient, à vrai dire, le
domaine entier des lettres : *droit public, histoire, philosophie, littérature.* Le zèle et l'extrême facilité d'Henri Lacordaire s'associèrent
aux travaux des quatre sections. C'était un aliment nécessaire à l'activité de son esprit. Cela ne l'empêchait pas de donner encore bien
des heures aux épreuves pratiques d'une bazoche de jurisprudence
où l'on s'escrimait à discuter et à plaider des questions de droit
privé.

Il est aisé de voir quelle somme d'idées se remuait, ne fût-ce que
superficiellement, parmi tant de jeunes et avides intelligences, et
combien de livres on s'excitait mutuellement à dévorer.

C'était le moment où la France, pour se consoler de ses défaites,
et pour oublier, autrement que par la gloire, le long interrègne de
ses libertés, s'essayait avec espoir et ferveur à sa constitution nouvelle. Imaginez quels discours magnanimes, quelles doctrines nobles, quels projets de lois généreux devaient sortir de ce sénat d'enfants ! Notre libéralisme candide, ne connaissant pas les hommes,
étranger aux malices et à la déloyauté des partis, abondait en théories absolues et prodigues, et n'avait nul souci des obstacles que
suscite aux doctrines les plus hautes et les plus dévouées la difficulté seule de gouverner les hommes et de faire des lois exécutables.

Oh ! qu'il faudrait de révolutions et de générations d'hommes pour contenter notre idéal de 1821 !

C'était le moment aussi où commençaient à poindre les nouveautés, et quelquefois les paradoxes, de l'école historique moderne. C'était le moment où les plus vigoureux esprits, MM. de Bonald, de Maistre, de Lamennais, imprimaient un vif mouvement à la philosophie spiritualiste et chrétienne. C'était le moment enfin où allaient s'agiter d'une manière alors animée et neuve le code des libertés littéraires, la discorde déjà si vieillie des classiques et des romantiques.

Dans toutes ces discussions Henri Lacordaire eut sa belle part. Malgré son extrême jeunesse, il conquit du premier coup la première place entre tous ses égaux. L'illustre rhétoricien grandit encore dans l'estime de ses compagnons d'études. Ils étaient tous à cet âge où la distribution des rangs n'est point suspecte, où les rivalités de l'amour-propre lui-même n'empêchent pas encore la justice.

Il y avait quelque honneur à être remarqué dans cette élite de jeunes gens, tous divers d'esprit, d'opinion, de destinée, qu'une heureuse et passagère fortune avait pris plaisir à faire rencontrer en même temps dans une petite ville de province [1].

Les discussions libres et chaleureuses qui s'élevaient parmi tant d'esprits distingués ne tardèrent pas à modifier sérieusement les premières idées d'Henri Lacordaire.

[1] C'étaient à la fois M. Th. Foisset, si haut placé dans les lettres et parmi les chrétiens, et qu'on s'étonne de voir oublié et caché dans une magistrature inférieure ; M. Brugnot, poëte moissonné avant l'âge ; M. Sylvestre Foisset, sitôt ravi à la religion et à l'enseignement ; M. Daveluy, homme de cœur, d'esprit et de savoir, aujourd'hui directeur de l'Ecole française d'Athènes ; M. Ladey, que les délicatesses de l'esprit le plus fin et le plus poétique n'empêchent point d'honorer le plus sérieux des professorats ; M. Edmond Boissard, conseiller à la Cour de Dijon ; M. Belime, qu'une mort prématurée a enlevé à la littérature juridique ; M. Edouard Clerc, à qui ses devoirs de magistrature laissent le temps d'écrire savamment l'histoire de la Franche-Comté ; M. Louis Rabou, qui vient d'être appelé au parquet de la Cour royale de Paris ; M. Charles Rabou, connu dans les lettres ; M. l'abbé Gatrez, recteur de Limoges ; et tant d'autres encore dont notre cœur et notre esprit se souviennent, sans que notre plume ait le temps de les nommer.

Du lycée, où sa foi s'était perdue dans les années de l'adolescence, il avait rapporté ce que nous en rapportons presque tous, un républicanisme et un déisme de collége.

Quand l'homme n'a pas encore toute sa taille, il s'imagine volontiers qu'une démocratie sans limites, une égalité sans mesure, une vague croyance en Dieu, sans pratique et sans culte, peuvent suffire à l'homme et à la société. C'était peut-être là qu'en fut d'abord Henri Lacordaire. Mais on a beaucoup exagéré et inventé, quand on en a fait une espèce de tribun impie et d'athée démocrate. Que le déisme de l'étudiant se teignît encore un peu de raillerie voltairienne, ou plutôt des couleurs de Rousseau, qui répondaient beaucoup mieux à la consciencieuse gravité de son esprit, on ne saurait guère le nier ; car, c'est un triste aveu qu'il faut bien faire, c'est par là qu'a passé la France. Mais l'écolier de Dijon n'est jamais allé au delà.

Le philosophe imberbe disait déjà dans son beau langage : « Chacun est libre d'engager un combat contre l'ordre ; mais l'ordre ne peut être vaincu. Je le compare à une pyramide qui s'élève de la terre aux cieux ; nous ne saurions en ébranler la base, parce que le doigt de Dieu repose sur le sommet. »

Ailleurs, en réfutant l'erreur de Rousseau qui prétend que l'état de société n'est pas l'état naturel de l'homme, il disait : « Ce système, suivi dans toutes ses conséquences, mène au suicide social, c'est-à-dire au crime le plus grand que la pensée humaine puisse concevoir après le déicide. »

Ailleurs encore il écrivait : « L'impiété conduit à la dépravation ; les mœurs corrompues enfantent les lois corruptrices, et la licence emporte les peuples vers l'esclavage, sans qu'ils aient le temps de pousser un cri... Prenons garde ; il ne s'agit pas de la vie d'un jour, d'une tranquillité apparente, d'une vigueur accidentelle qui se répand au dehors et se joue avec des triomphes. Quelquefois les peuples s'éteignent dans une agonie insensible qu'ils aiment comme un repos doux et agréable ; quelquefois ils périssent au milieu des fêtes, en chantant des hymnes de victoire et en s'appelant immortels. »

Celui qui écrivait ainsi n'avait pas vingt ans. Quel intervalle immense le séparait déjà des sceptiques vulgaires et des révolutionnaires imbéciles !

Cependant, il n'était pas encore chrétien : « Il aimait l'Evangile, parce que la morale en est ineffable ; il respectait ses ministres, parce que l'influence qu'ils exercent est salutaire à la société ; mais la foi ne lui avait pas été donnée en partage. » C'est l'aveu loyal et courageux qu'il faisait, vers le même temps, au président Riambourg, qui l'honorait de son patronage ; au président Riambourg, qu'il suffit de nommer à des lecteurs catholiques, et à qui il fut donné d'avoir autant de bonté et d'indulgence envers la jeunesse, qu'il avait de sévérité dans ses principes et de sérénité dans sa propre vie.

Les compositions littéraires que l'étudiant en droit lisait à la *Société d'études dijonnaise,* en 1821 et 1822, constatent encore mieux les progrès et les pentes de sa pensée. Dans l'une, il racontait, en une langue riche d'images, *le siége et la ruine de Jérusalem* par l'empereur Titus. Dans une autre, il parlait *de la patrie,* et recueillait de l'antiquité biblique, grecque et latine, comme de l'histoire moderne, les souvenirs les plus touchants, les douleurs les plus pathétiques qu'aient inspirés aux hommes les regrets de l'exil et le sentiment de l'indépendance nationale blessée ou perdue. Dans une troisième, enfin, il s'entretenait *de la liberté,* à la manière des dialogues de Platon ; et ceux qu'il faisait parler n'étaient rien moins que Platon lui-même s'entretenant ainsi avec ses disciples, au cap Sunium, et s'écriant : *La liberté, c'est la justice !*

Dans ces premiers essais de cet esprit encore mineur, dans ce choix même de sujets si grands et si graves, il y avait déjà, pour ceux qui les ont entendus, la meilleure part de l'orateur de Notre-Dame.

S'il s'était placé haut parmi ses collègues comme écrivain, il était encore plus haut, s'il est possible, comme parleur, comme improvisateur.

Nous écoutons encore ces improvisations pleines d'éclairs, ces argumentations remplies d'agilité, de ressources inattendues, de souplesse et de saillies ; nous voyons cet œil étincelant et fixe, pénétrant et immobile, comme si le regard devait descendre dans tous les plis de la pensée ; nous entendons cette voix claire, vibrante, frémissante, haletante, s'enivrant d'elle-même, n'écoutant qu'elle seule, et s'abandonnant sans réserve et sans contrainte à la verve intaris-

sable de sa riche nature. Nous nous rappelons ces longues contro-
verses, que n'interrompaient point les plus longues promenades, ces
discussions presque fébriles, quelquefois emportées, mais toujours
amies, s'animant par degrés jusqu'à une sorte de violence, allant jusqu'à l'émotion, jusqu'à l'éloquence, et se terminant parfois aussi par
les traits les plus divertissants, par les péroraisons les plus plai-
santes, par d'ineffables éclats de rire. O belles années si vite écou-
lées, ô précieux et magnifiques jeux de l'esprit, vous prédisiez à la
cause de Dieu un incomparable athlète !

Les penchants oratoires d'Henri Lacordaire le portaient, sans qu'il
s'en aperçût, à une telle solennité, que, réduits à la proportion d'un
salon, nous trouvions presque exagéré, et légèrement déclamatoire
peut-être, cela même qui devait un jour remplir majestueusement les
basiliques chrétiennes.

Si nous étions encore dans le siècle de l'antithèse, je dirais que le
caractère et le talent d'Henri Lacordaire éclataient en singuliers contrastes. Cet esprit soudain était capable d'un travail long, graduel,
continu, quotidien, opiniâtre ; cette nature énergique était patiente ;
elle réunissait l'emportement et la mansuétude. Cette imagination
impatiente et reine était propre aux profondeurs d'un long dessein ;
chez elle la promptitude de la vue pouvait s'allier à la réflexion la
plus suivie, au plus constant calcul. A côté d'une florissante adolescence, tout le sérieux anticipé de l'homme mûr ; la gaieté folle, et
jusqu'à la bouffonnerie de l'enfant, mêlée à la méditation du penseur.
Avec ce tempérament d'ardeur et de passion, un goût naturel pour
l'ordre, pour la méthode, pour l'arrangement des petites choses, une
simplicité d'élégance, une recherche de propreté et d'exactitude.
Vers ou prose, il pouvait s'arrêter à volonté au milieu d'une phrase,
s'interrompre au milieu d'un hémistiche. Lorsque l'œil d'un ami se
glissait dans sa cellule de travail, il n'y trouvait rien que de soigné
et de symétrique. Nul désordre dans les livres ; le papier, les plu-
mes, l'écritoire, le canif même, disposés avec une sorte d'art correct
sur la petite table noire, et ne formant avec elle aucun angle désa-
gréable à la vue. La même régularité, la même netteté dans ses ma-
nuscrits, dans son écriture, dans tout ce qu'il fait, dans tout ce qu'il
touche. En un mot, comme une sorte de symbole matériel, en toutes

choses, de cette *prudence du serpent unie à la simplicité de la colombe,* dont il se déclare pourvu, dans une de ses belles conférences, où il ajoute lui-même, avec une grâce spirituelle et charmante, *qu'il donnerait,* comme saint François de Sales, *vingt serpents pour une colombe.*

A peine ses études de droit terminées, l'avocat de vingt ans, après avoir marché pendant quelques semaines à travers les grandes eaux et les grandes montagnes de la Suisse, s'achemina vers Paris dans l'automne de 1822.

Le jurisconsulte adolescent n'était pas seulement un homme de parole, c'était encore un homme d'action. Il ne parlait pas pour parler; il n'écrivait pas pour écrire. Il fallait un but à l'activité de son âme. Il résolut de se faire jour dans le barreau parisien. Il entra, sur la recommandation de M. Riambourg, chez un avocat à la Cour de cassation[1]. Il jugea bientôt que « ce qui distingue les avocats parisiens, c'est une grande aisance, non-seulement dans le langage, mais encore dans le maintien : ils semblent converser avec les juges. »

Il se laissait aller à ces accès de gloire temporelle, à ces longues espérances propres à la confiante jeunesse. « Je me suis imaginé quelquefois que Dieu avait des vues sur moi, et qu'il m'avait appelé par mon nom avant que je fusse né. »

Cette gloire se réduisait alors à habiter une chambrette de six pieds carrés, à plaider quelques petites causes criminelles, à publier un ou deux mémoires sur des questions importantes de droit civil, et à porter la parole, dans de rares occasions, devant les tribunaux ordinaires. C'était beaucoup pour une première année de stage.

Et encore y avait-il péril qu'il s'attirât une réprimande du conseil de discipline des avocats pour parler avant l'âge requis, et contrairement à une récente ordonnance royale. Mais le stagiaire en prenait gaiement son parti. « Si j'étais cité au conseil de discipline, écrivait-il, ce serait une occasion de faire un beau discours, et voilà tout. Un jeune avocat qui, après avoir plaidé avec quelque talent, serait condamné par le conseil, pourrait se faire honneur de sa condamnation. »

[1] M. Guillemin.

Il écrivait un autre jour : « Je me suis amusé ce matin à plaider. La cause était détestable ; mais je voulais m'assurer que je parlerais sans crainte devant un tribunal, et que ma voix serait assez forte. Je me suis convaincu par cette épreuve que le sénat romain ne serait pas capable de m'effrayer. Je ne sais pas comment j'ai pu dire quelque chose. »

Une autre fois encore il disait : « Je plaiderai une affaire solennelle dans deux ou trois mois ; j'ai Tripier pour adversaire : c'est magnifique. »

Ces heureux débuts l'avaient fait remarquer et recommandé. Il fut admis dans le cabinet de M. Mourre, procureur général près la Cour de cassation. M. Berryer l'avait invité à le venir voir. Il avait causé pendant une heure avec le stagiaire de vingt et un ans, et lui avait prédit *qu'il pouvait se placer au premier rang du barreau, s'il évitait l'abus de sa facilité pour la parole.*

Circonstance remarquable ! c'est l'homme déclaré par tous, amis ou adversaires, le prince de notre tribune politique, qui annonce le premier, bien que dans l'ordre temporel, la destinée oratoire d'Henri Lacordaire !

Il devenait donc plus facile que jamais à un jeune homme, déjà apprécié si justement et si haut, de suivre avec succès la carrière du barreau. La magistrature des parquets lui était aussi ouverte.

Mais il y avait dans l'atmosphère judiciaire je ne sais quoi d'épais et de positif qui n'allait point à la partie délicate de l'organisation intellectuelle du plaideur novice.

Il regrettait jusqu'à ses pensées littéraires. « Hélas ! j'ai dit adieu à la littérature. Je n'ai conservé avec elle que cette mystérieuse correspondance, cet accord secret qui unit l'homme de goût avec tout ce qui est beau sur la terre. Et cependant j'étais né pour vivre avec les muses. Ce feu d'imagination et d'enthousiasme qui me dévore ne m'avait pas été donné pour l'éteindre dans les glaces du droit, pour l'étouffer sous des méditations positives et ardues. »

Sa curiosité cherchait le visage des célébrités littéraires. « J'ai vu M. de Chateaubriand : belle tête, le front découvert, les cheveux gris, un nez long, mais noble, une figure large et expressive, de la ressemblance avec ses portraits. Il causait avec M. Berryer. »

Il avait aussi trouvé à Paris, dans la *Société des bonnes Études,* de jeunes collègues qui l'estimèrent ce qu'il valait, et qui se souviennent d'avoir admiré la pompe oratoire et la gravité précoce de sa parole, déjà presque toute chrétienne.

Cependant un indicible malaise, un secret mécontentement, agitaient l'avocat stagiaire.

Il se trouvait « faible, découragé, solitaire, au milieu de huit cent mille hommes. »

Il n'éprouvait plus de plaisir à regarder ces fêtes publiques, « dont le soleil est toujours membre obligé, depuis le flatteur distique de Virgile, *nocte pluit totâ,* etc. »

Une tristesse intérieure et progressive, et la grandeur de la pensée chrétienne, remuaient en silence le fond de cette âme que rien du monde ne pouvait remplir. « Ma pensée est plus vieille qu'on ne croit, et je sens ses rides à travers les fleurs dont mon imagination la couvre. » — « J'ai peu d'attachement pour l'existence, mon imagination me l'a usée. *Je suis rassasié de tout sans avoir rien connu.* Si l'on savait comme je deviens triste ! J'aime la tristesse, je vis beaucoup avec elle. » — « On me parle de gloire d'auteur, de fonctions publiques ; j'ai bien de semblables velléités ! Mais franchement j'ai pitié de la gloire, et je ne conçois plus guère comment on se donne tant de peine pour courir après cette petite sotte. Vivre tranquille au coin de son feu, sans prétentions et sans bruit, est chose plus douce que de jeter son repos à la renommée, pour qu'elle vous couvre, en échange, de paillettes d'or.... Je ne serai jamais content de moi que lorsque j'aurai trois châtaigniers, un champ de pommes de terre, un champ de blé et une cabane, au fond d'une vallée suisse. »

Il s'épanchait, dans le même temps, en douloureuses confidences : « Où est l'âme qui comprendra la mienne, et qui ne s'étonnera pas que le seul mot de Grande-Grèce me fasse frémir et pleurer ?.. L'esprit des hommes n'est pas fait pour entendre le mien ; je sème sur un marbre poli. Chose singulière ! on me croit insensible. Au moment où je suis le plus affecté, on me croit tranquille. On ne distingue pas assez en moi l'être réel et l'être fictif, ce que je suis et ce que je veux paraître ; je ne sais pas, comme Sterne, pleurer devant des témoins ; j'ai honte des larmes. Nul homme n'a plus d'énergie que moi, nul.

homme n'est plus faible que moi ; nul homme n'est plus audacieux, nul homme n'est plus timide. »

Ces boutades de mélancolie annonçaient le jour des choses divines.

Il se liait avec M. l'abbé Gerbet (correspondant de la Société d'études de Dijon), l'un des écrivains qui honorent le plus les lettres catholiques. « Je vois de temps en temps M. Gerbet ; sa taille est élevée ; l'expression la plus remarquable de sa figure est la douceur ; sa voix est faible et pleine de miel... Nous commençons à nous serrer la main. »

Et un peu plus tard : « Je vois souvent l'abbé Gerbet ; je suis très-lié avec lui. Il m'a mis en relation avec des ecclésiastiques et des missionnaires de tout rang. M. Gerbet est un excellent homme, très-ouvert et ayant un vrai talent, comme aussi beaucoup d'instruction. Enfin je suis content. »

Dans la société de tels hommes, la pensée religieuse d'Henri Lacordaire fit du chemin. Au commencement de 1824, il écrivait à un ami : « Croiras-tu que je deviens chrétien tous les jours ? C'est une chose singulière que le changement progressif qui s'est fait dans mes opinions ; j'en suis à croire, et je n'ai jamais été plus philosophe. Un peu de philosophie éloigne de la religion, beaucoup de philosophie y ramène : grande vérité ! »

Le spiritualisme chrétien remplissait déjà le vide qui s'était fait dans l'âme du jeune stagiaire. Il écrivait encore, au mois de février 1824 : « Je travaille, je prends patience, j'ai de l'avenir devant moi. *Ils me prédisent tous* un bel avenir, et cependant je suis quelquefois fatigué de la vie. Je ne peux plus jouir de rien : la société a peu de charmes pour moi ; les spectacles m'ennuient ; je deviens négatif dans l'ordre matériel. Je n'ai plus que des jouissances d'amour-propre ; je vis de cela, et encore je commence à m'en dégoûter. J'éprouve chaque jour que tout est en vain. Je ne veux pas laisser mon cœur dans ce tas de boue. » Puis il ajoutait en finissant : « Oui, je crois !... D'où vient que mes amis ne me comprennent pas ? D'où vient qu'ils doutent et se moquent de ma conversion religieuse ? Serai-je donc le seul de bonne foi, puisque personne ne me comprend ? »

Pour cette intelligence active et exigeante, comprendre et sentir

le Christianisme, c'était être chrétien ; être chrétien, c'était être prêtre ; être prêtre, ce fut plus tard être moine. Elle devait ainsi franchir successivement tous les degrés de l'idée catholique.

Le 15 mars 1824, il écrivait : « Il m'a pris, ces jours derniers, une idée bien extraordinaire. Je veux être attaché vif à une croix de bois, si je n'ai pas pensé sérieusement à me faire *curé de village*. Illusions du moment ! fantômes prompts à s'évanouir ! besoin de se remuer sous l'Etna de la vie !... Je suis arrivé aux croyances catholiques par mes croyances sociales ; et aujourd'hui rien ne me paraît mieux démontré que cette conséquence : La société est nécessaire ; donc la religion chrétienne est divine ; car elle est le moyen d'amener la société à sa perfection, en prenant l'homme avec toutes ses faiblesses, et l'ordre social avec toutes ses conditions. Mon ami, j'ai toujours cherché la vérité avec bonne foi et en laissant à part tout orgueil ; ce qui est le seul moyen de la découvrir. Si mes opinions ont dû quelque chose au cercle de l'amitié dans lequel j'ai vécu, cependant il est vrai de dire que je n'ai jamais cédé qu'à mes propres réflexions, et par des vues que mon esprit avait combinées. Beaucoup de personnes doutent encore de ma véracité, soit parce que la candeur est une chose rare parmi les hommes, soit parce qu'il est des âmes incapables de distinguer les accents de la conviction d'avec les grimaces de l'hypocrisie. Pour toi, mon ami, tu me connais et tu me rends justice. Voilà bien des raisons pour t'aimer. »

Les résistances sages d'une bonne mère, les doutes et les railleries de quelques amis, toutes les considérations de la prudence mondaine, rien ne put arrêter l'élan de cette âme choisie vers l'honneur et le devoir du sacerdoce.

Le 11 mai 1824, une de ses lettres parlait ainsi : « Il faut bien peu de paroles pour dire ce que j'ai à dire, et cependant mon cœur a besoin d'être long. J'abandonne le barreau ; nous ne nous y rencontrerons jamais. Nos rêves de cinq ans ne s'accompliront pas. J'entre demain matin au séminaire de Saint-Sulpice...... Hier, les chimères du monde remplissaient encore mon âme, quoique la religion y fût déjà présente : la renommée était encore mon avenir. Aujourd'hui je place mes espérances plus haut, et je ne demande ici-bas que l'obscurité et la paix. Je suis bien changé, et je t'assure que je ne sais pas comment cela s'est fait. Quand j'examine le travail de ma pensée depuis cinq ans, le point d'où je suis parti, les degrés que mon intelligence a parcourus, le résultat définitif de cette marche lente et hérissée d'obstacles, je suis étonné moi-même, et j'éprouve un mouvement d'adoration vers Dieu. Mon ami, cela n'est bien sensible que pour celui qui a passé de l'erreur à la vérité, qui a la conscience de toutes ses idées antérieures, qui en saisit la filiation, les alliances bizarres, l'enchaînement graduel, et qui les compare aux différentes époques de sa conviction. Un moment sublime, c'est celui où le dernier trait de lumière pénètre dans l'âme, et rattache à un centre commun les vérités qui y sont éparses. Il y a toujours une telle distance entre le moment qui suit et le moment qui précède celui-là, entre ce qu'on était auparavant et ce qu'on est après, qu'on a inventé le mot de *grâce* pour exprimer ce coup magique, cet éclair d'en haut. Il me semble voir un homme qui s'avance au hasard le bandeau sur les yeux ; on le desserre peu à peu, il entrevoit le jour, et à l'instant où le mouchoir tombe, il se trouve en face du soleil. »

Le lendemain, 12 mai 1824, jour anniversaire de sa naissance, et le premier jour de sa vingt-troisième année, Henri Lacordaire entrait au séminaire.

Si nous nous sommes laissé aller à ces détails intimes, ce n'est pas seulement à cause du charme que l'on éprouve à suivre la marche d'une âme vers les choses de Dieu. Mais on a tant répété que la conversion du P. Lacordaire avait été subite, sans préparation, sans motifs, que son entrée dans le sacerdoce avait eu lieu d'une façon improvisée, précipitée, malgré la surprise et l'affliction de tous les siens ! Il était bon, peut-être, de dire la simple vérité, puisée dans des communications amicales toutes privées, qui datent de vingt-cinq ans, et qui sont oubliées sans doute de celui qui les a écrites.

Mme Lacordaire était mère, mais une mère chrétienne. Elle regretta d'abord les espérances de famille qu'elle se plaisait à placer avec amour, avec prédilection peut-être, sur la tête de son second fils. Mais elle céda bientôt, et céda de son plein gré, après plusieurs mois et un échange de bien des lettres, à la visible vocation religieuse de son cher enfant.

Nos paroles répondent aussi à une autre erreur généralement répandue, c'est que l'avocat Lacordaire a passé d'une vie de désordres mondains à la vie religieuse. Pour faire une belle phrase, on a parlé d'un autre Augustin, fils d'une autre Monique. On a vu en quels nombreux désordres a pu descendre un jeune homme studieux, occupé incessamment de choses intellectuelles, de littérature, de droit, lisant beaucoup de livres, plaidant, parlant, écrivant, plongé, avant le temps, dans les études les plus fortes, les plus profondes, les plus viriles, redevenant chrétien à l'âge de vingt et un ans, et se faisant séminariste à vingt-deux ! Et ne nous a-t-il pas dit de lui-même : *Je suis rassasié de tout sans avoir rien connu !*

Henri Lacordaire n'a guère eu le temps de s'abandonner aux faiblesses du jeune homme, car il n'a fait que traverser le monde. Il appartenait d'ailleurs à cette classe particulière de « jeunes gens dont la maturité devance les années, sans pouvoir changer la marche naturelle des rapports sociaux, de telle sorte qu'ils ne se trouvent point d'abord dans une place correspondante aux progrès de leurs idées. »

Le séminariste redevint enfant ; il reprit sa gaieté insouciante, son fou rire d'autrefois. Mais s'il se retrouva jeune par le caractère, il resta homme par la pensée.

Il n'était guère possible que l'entrée au séminaire d'un licencié en droit, d'un avocat stagiaire, d'une valeur véritable et connue, ne fût pas un peu remarquée, et que le reclus n'eût pas de succès dans ses études théologiques.

L'évêque de Dijon, homme d'esprit, Mgr de Boisville, eut des regrets d'avoir consenti à ce qu'Henri Lacordaire sortît de son diocèse. Et comme on lui reprochait un jour cette condescendance : « Que voulez-vous ? répondit-il ; il m'avait écrit une lettre si simple, à laquelle il ne manquait que des fautes d'orthographe : je l'avais pris pour le plus grand nigaud de mon diocèse[1]. »

L'étude, la méditation, ne faisaient que confirmer la pieuse résolution et la foi du séminariste. Plus il regardait Dieu, plus il persévérait dans une vocation dont ses amis, qui le perdaient avec regret, avaient aimé quelque temps à douter. « Que fais-je dans ma solitude ? Je me livre à des études et à des méditations que j'ai toujours ai-

---

[1] Mgr de Tournefort, vicaire général de Dijon, et depuis évêque de Limoges, s'amusait beaucoup à conter cette anecdote.

mées. Je découvre chaque jour qu'il n'y a point de vérité hors de la religion , et qu'elle seule résout des difficultés sans nombre que la philosophie est dans l'impuissance de vaincre.... Je lis Pascal.... Ma pensée se mûrit d'autant mieux qu'elle n'est pas obligée de se répandre au dehors et d'épuiser ce qu'elle amasse peu à peu. Mon esprit est comme un champ qui se repose et qui se nourrit des rosées du ciel. »

L'étudiant en théologie s'amusait à décrire les séminaires de Saint-Sulpice et d'Issy, les promenades, les points de vue de la campagne parisienne ; et le pittoresque de ses gracieuses descriptions n'eût pas été indigne de Cicéron ou de Pline le jeune.

Il s'amusait à suivre les progrès des fleurs et des fruits de la campagne, à voir « les cerises montrant leurs têtes rouges à travers la verdure de leurs feuilles. »

Il se plaisait aux plus humbles légumes du jardin. « J'aime surtout le potager, et la vue d'une simple laitue est pour moi un grand plaisir. Je les vois toutes petites , rangées en quinconce d'une manière agréable à l'œil. Elles croissent ; on rapproche leurs feuilles larges et vertes en les liant avec quelques brins de paille ; elles jaunissent, et quelques jours après il n'y a plus pour elles ni rosée, ni nuit, ni soleil... Mon père aimait beaucoup les jardins, et c'est lui qui m'a transmis ce goût. »

Le jeune théologien se sentait élevé de plus en plus , et dans les plus petites choses, par l'admiration et par l'amour, « vers l'intelligence incompréhensible qui s'est révélée à l'homme par une création si magnifique, et qui a mis dans la plus petite feuille d'arbre des merveilles inaccessibles à la raison de l'homme. »

Il lisait, en se promenant, la Bible : « Ah ! quel livre et quelle religion ! quel enchaînement extraordinaire, depuis la première parole de l'Ancien-Testament jusqu'à la dernière du Nouveau ! »

En avançant dans la science, il se confirmait dans la vue première qui l'avait conduit au Christianisme. « Je me rappelle qu'on trouvait singulier que j'eusse été amené aux idées religieuses par les idées politiques. Plus j'avance, plus je découvre la justesse de cette voie. Au reste, on peut arriver au Christianisme par tous les chemins, parce qu'il est le centre de toutes les vérités. »

Loin de trouver pesant le joug de Dieu, il s'étonnait des indifférents qui le traitaient de fou, et de ses amis qui le pleuraient comme s'il venait de mourir. « Un soir j'étais à ma fenêtre, et je regardais la lune, dont les rayons tombaient doucement sur la maison : une seule étoile commençait à briller dans le ciel, à une profondeur qui me paraissait incroyable. Je ne sais pourquoi je vins à comparer la petitesse et la pauvreté de notre habitation à l'immensité de cette voûte ; et en songeant qu'il y avait là, au fond de quelques cellules, un petit nombre de serviteurs de Dieu, qui a fait ces merveilles, traités de fous par le reste des hommes, il me prit une envie de pleurer sur ce pauvre monde, qui ne sait pas même regarder au-dessus de sa tête. »

Les bruits du monde allaient à peine l'atteindre jusque dans sa *chère solitude*. Le seul événement par lequel il se laissa frapper, ce fut la mort de Louis XVIII, qu'il racontait à ses amis avec son imagination de poëte et ses pressentiments de publiciste.

Le séminaire lui plaisait chaque jour davantage. « Vous ne savez pas un de mes enchantements, c'est de recommencer ma jeunesse, je veux dire cet âge qui est entre l'enfance et la jeunesse, avec les forces morales qui appartiennent à un âge plus élevé... Au collége, on est encore trop enfant, on ne connaît pas assez le prix des hommes et des choses ; on manque de trop d'idées pour savoir se choisir et s'attacher des amis par des liens puissants. Les rapports élevés de l'amitié échappent à des âmes si faibles, à des intelligences si neuves. Ensuite, dans le monde, on n'est plus à même de se créer des liaisons bien solides, soit que les hommes ne vivent plus alors si rapprochés, soit que l'intérêt et l'amour-propre se glissent jusque dans les unions qui semblent les plus pures, soit que le cœur soit moins à l'aise au milieu du bruit et de l'activité sociale. L'amitié a plus de prise au milieu de cent quarante jeunes gens qui se voient sans cesse, qui se touchent par tous les points, qui sont presque tous comme des fleurs choisies et transportées dans la solitude. Je me plais à me faire aimer, à conserver dans un séminaire quelque chose de l'aménité du monde, quelques grâces dérobées au siècle. Plus simple, plus communicatif, plus affable que je n'étais, libre de cette ambition de briller qui me possédait peut-être, peu embarrassé de mon avenir, dont je me contente, quel qu'il soit, faisant des rêves de pauvreté comme autrefois des rêves de fortune, je vis doucement avec mes confrères et avec moi-même... Depuis neuf mois je cultive l'intimité d'un jeune homme plein de talents et de bonnes qualités ; il est né près de Saint-Pétersbourg, au bord de la Néva, d'un émigré français. J'ai retrouvé un ami d'enfance, né aussi d'un émigré français, à Cordoue, sur le Guadalquivir. »

Ces douces préoccupations n'enlevaient point l'esprit d'Henri Lacordaire aux grandes idées qui l'avaient d'abord fait chrétien. « Je ne crains pas de perdre avec le Christianisme ces idées d'ordre, de justice, de liberté forte et légitime qui ont été mes premières conquêtes. Ah ! le Christianisme n'est pas une loi d'esclavage ; et s'il respecte la main de Dieu qui suscite quelquefois les tyrans, il connaît les limites que l'obéissance ne peut dépasser sans devenir lâche et coupable. Il n'a pas oublié que ses enfants furent libres à l'époque où le monde gémissait dans les fers de tant d'horribles Césars, et qu'ils avaient créé sous terre une société d'hommes qui parlaient d'humanité sous le palais de Néron. N'est-ce pas l'Eglise qui a mis dans toutes nos institutions un esprit de douceur et d'harmonie inconnu à l'antiquité? C'est la religion qui a fait l'Europe moderne, en demeurant stable au milieu du bouleversement des nations, et en se prêtant aux circonstances, aux temps, aux lieux, sans rien perdre de la fixité de ses principes. L'Église a parlé de raison et de liberté, quand ces droits imprescriptibles du genre humain étaient menacés d'un naufrage commun. Elle a recommandé la foi et l'obéissance, lorsqu'elle a vu la licence de l'esprit et des mœurs jeter les premiers fondements d'une révolution qui devait tuer la liberté par l'anarchie, et la raison par les autels qu'on lui dresserait. Admirable sagesse, qui sait se proportionner à tous les besoins de la civilisation, qui tantôt presse et tantôt retarde la marche des siècles pour les amener ou les ramener à ce milieu sage où se trouvent la paix et la vérité, et dont les choses humaines s'écartent sans cesse par un flux et reflux inévitables ! Puissance merveilleuse dans la variété de son action et dans l'immobilité de sa force et de sa conscience, qui arrache les peuples à la tyrannie par la liberté, à l'anarchie par le pouvoir, et qui, dès deux extrémités opposées, les conduit au même point ! »

A Saint-Sulpice, comme à Issy, le séminariste voyait quelquefois

Mgr l'évêque d'Hermopolis, celui qui fit, avant le P. Lacordaire, de si célèbres *conférences* : « M. Frayssinous a été sulpicien, et il chérit la maison. Je l'ai vu souvent se promener au milieu de nous. C'est un homme simple, d'une conversation peu animée, et où son esprit ne se montre pas tout entier. Sa physionomie est belle, quand on la prend en masse ; mais elle ne présente rien de remarquable en détail ; et l'on ne saurait dire d'où vient cet air imposant qu'on ne retrouve ni dans le front, ni dans les yeux, ni dans la bouche. »

M. l'abbé Gerbet, dont la *voix pleine de miel* fut peut-être un des moyens employés par la Providence pour attendrir à la parole de Dieu l'oreille de l'avocat déiste, avait resserré encore ses liens avec le jeune converti. « J'aime beaucoup l'abbé Gerbet, écrivait le nouveau catholique de 1825 ; c'est un vrai chrétien, et qui a apporté de la Franche-Comté un cœur droit et sensible. »

M. l'abbé Gerbet était alors étroitement uni à M. de Lamennais, et l'un de ses plus fervents disciples. C'était l'époque où l'illustre Breton était dans tout l'éclat de sa triple réputation littéraire, religieuse et philosophique, et préludait à ses luttes glorieuses alors, mais amères, avec l'autorité ecclésiastique et civile. Ses livres divisaient les esprits, et il se préparait dans l'épiscopat et dans le gouvernement de graves et décisives résistances.

Henri Lacordaire n'avait vu que deux fois M. de Lamennais, et encore dans de simples et brèves visites, auxquelles le portait seulement le désir, naturel à tout jeune homme distingué, de voir de près une grande renommée. Lors de la première visite qu'il fit, en 1823, au célèbre prêtre, Henri Lacordaire était encore laïque et esprit fort, et M. l'abbé Gerbet lui servait d'introducteur.

La jeunesse française, et particulièrement la jeunesse cléricale, avait été séduite d'abord, ébranlée, par le système philosophique de l'*Essai sur l'indifférence*. Les évêques se roidissaient à proportion même des succès du livre nouveau. Henri Lacordaire se tenait en garde contre des doctrines dont le bruit remuait l'Église.

Il crut s'apercevoir que l'intention de l'abbé Gerbet était de le mettre en relations plus intimes avec son maître. Ce fut une raison pour lui de se tenir sur la réserve et presque sur la défensive.

Il écrivait le 7 juin 1825 : « Je n'aime ni le système de M. de Lamennais, que je crois faux, ni ses opinions politiques , que je trouve exagérées. Je suis déterminé à n'entrer dans aucune coterie, quelque illustre qu'elle puisse être. Je ne veux appartenir qu'à l'Eglise, qu'à Mgr l'archevêque, mon supérieur naturel. Je ne désire que vivre longtemps dans l'obscurité et dans le travail , afin de laisser mûrir ce que je puis avoir reçu de Dieu, et de le faire tourner un jour à la gloire de son nom. Dans ce siècle-ci on se hâte trop vite de se produire, de se dévorer soi-même. Il n'y a que dans la retraite, dans le silence, dans la méditation, que se forment les hommes appelés à exercer une influence sur la société. Je ne prétends pas être de ce nombre ; j'ignore ce que je serai ; mais je suis bien résolu de ne pas écrire trop jeune, de ne pas donner un seul article à la feuille la plus catholique du monde. »

La raison haute et modeste du séminariste de vingt-trois ans eut donc la force de l'emporter sur des avances visibles et réitérées qui flattaient son amour-propre. Il était, d'ailleurs, recherché par M. le duc de Rohan, depuis archevêque de Besançon, qui l'emmenait avec lui passer des journées d'automne à son château de la Roche-Guyon ; et M. l'archevêque de Paris , à qui n'avait pu échapper le mérite précoce de l'élève de Saint-Sulpice, l'accueillait à Conflans avec une bienveillance marquée. M. de Quélen disait lui - même qu'*il avait du goût* pour Henri Lacordaire ; et malgré la difficulté des temps et la différence des opinions politiques, il ne cessa jamais, jusqu'à la fin, de lui donner des marques d'une confiance, d'une estime, d'une affection, d'une bonté toutes paternelles.

Plus tard, en 1833, l'abbé Lacordaire inspirait les mêmes sentiments à l'évêque de Nancy, Mgr de Forbin-Janson, que n'épargna point la tourmente politique, et dont la pensée n'était pas moins, et à beaucoup d'égards, fort séparée de la sienne.

Aussi, en 1844, dans une occasion solennelle que nous retrouverons, le P. Lacordaire, s'écriait-il : « Chose singulière ! les deux évêques de France que la foudre de ce siècle a le plus frappés sont les deux évêques qui m'ont aimé davantage. »

Cependant le moment approchait où l'avocat dijonnais allait devenir prêtre. Quand ses amis lui faisaient part de leur mariage, il leur répondait avec une gaieté douce et religieuse : « J'espère bien me marier un jour ; j'ai une fiancée belle, chaste, immortelle ; et notre mariage, célébré sur la terre, se consommera dans les cieux. Je ne dirai jamais : *linquenda domus et placens uxor.* » Il se trouvait heureux : « Je suis prêt, comme Polycrate, à jeter mon anneau dans la mer. »

S'il s'objectait avec crainte la profonde expérience que nécessite l'exercice du ministère sacré pour suffire à toutes les blessures du cœur de l'homme, il répondait, comme Massillon, que, bien qu'il eût peu vu le monde, « il suffisait de se connaître soi-même pour connaître l'homme. »

Il passait bien encore, de temps en temps, quelques ombres de tristesse sur ce front de vingt-quatre ans, renfermé dans le vieux bâtiment de Saint-Sulpice, « qui a des corridors étroits, des étages noirs, des chambres presque toutes tristes, une cour entre quatre grands murs, un petit jardin formé de quelques allées de tilleuls, de deux plates bandes, d'un marronnier d'Inde et d'un lilas. »

Mais ces ombres étaient légères, et il disait, avec cette poétique vivacité qui lui est propre : « Je suis triste quelquefois. Mais où n'est-on pas triste quelquefois ? C'est un dard qu'on porte toujours dans l'âme : il faut tâcher de ne pas s'appuyer du côté où il se trouve, sans essayer de l'arracher jamais. C'est le javelot de Mantinée enfoncé dans la poitrine d'Epaminondas : on ne l'enlève qu'en mourant et en entrant dans l'éternité. »

Il était temps que, cédant à ses inclinations naturelles, l'étudiant en théologie s'essayât aux devoirs et aux difficultés de la prédication. Il fit cet essai au séminaire même, et réussit assez bien pour se persuader que l'*éloquence sacrée était le genre le plus propre au développement de ses facultés.* Il rendait compte de son début avec ce mélange de sérieux et de plaisant qui ne l'abandonna dans aucune occasion de sa vie. « J'ai prêché ; c'est-à-dire que, dans un réfectoire où mangeaient cent trente personnes, j'ai fait entendre ma voix à travers le bruit des assiettes, des cuillers et de tout le service. Je ne crois pas qu'il y ait de position plus défavorable à un orateur que de parler à des hommes qui mangent ; et Cicéron n'eût pas prononcé les Catilinaires dans un dîner de sénateurs, à moins qu'il ne leur eût fait tomber la fourchette des mains dès la première phrase. Que serait-ce s'il avait eu à leur parler du mystère de l'Incarnation ? C'est

cependant ce qu'il m'a fallu faire, et j'avoue que, à l'air d'indifférence qui régnait sur tous les visages, à cet aspect d'hommes qui ne
semblent pas vous écouter, et dont toute l'attention paraît concentrée
dans ce qui est sur leur assiette, il me venait comme des pensées de
leur jeter mon bonnet carré à la tête. Je descendis donc de la chaire
avec l'intime persuasion que j'avais horriblement mal prêché. Je
dînai à la hâte, j'entrai dans le parterre, et je sus bientôt que mon
discours avait produit de l'effet, et qu'on en avait été frappé. Je me
borne à cette phrase, où il y a déjà passablement d'amour-propre, et
je ne rapporte pas les jugements, les prévisions, les flatteries, les
conseils et le reste. »

Cet humble début décidait peut-être de la destinée du prêtre et de
l'orateur. Le prédicateur de réfectoire s'anima à remplir sa tâche sur
la terre, mais en se rappelant, avec Bossuet et Condé, qu'il *faut laisser venir la gloire après la vertu.* Il résolut « de vivre et d'agir comme
un enfant de Dieu, comme l'héritier du royaume éternel, comme le
possesseur futur d'une gloire qui ne périra jamais, de se diriger par
un motif plus impérissable que la renommée, et d'avoir toujours les
yeux fixés au delà de cette terre qui n'est rien, ni dans sa grandeur,
ni dans sa durée, ni dans les hommes qui l'habitent aujourd'hui, et
qui en disparaissent demain. »

Dans l'élan de son zèle, le futur prêtre se sentait porté « à sortir
de cette vie naturelle et à se consacrer tout entier au service de celui
qui ne sera jamais ni jaloux, ni ingrat, ni vil. » Sa pensée s'exaltait
déjà au souvenir des merveilleux événements des missionnaires
étrangers : « Leur histoire atteste, s'écriait-il, et le cœur de l'homme
sait bien cela, que la source principale de leurs succès, à part ce que
fait Dieu, est dans le degré de certitude dont ils font preuve par
l'exil volontaire auquel ils se sont condamnés chez des nations barbares, et par leurs travaux incroyables sans récompense visible. Plus
on veut faire de bien dans la religion, plus il faut donner aux peuples
de gages de sa certitude par la sainteté et l'abnégation de sa vie.
Grand orateur placé à l'ombre de la pourpre, je ne ferais rien. Simple missionnaire sans talent, couvert de haillons, et à trois mille
lieues de mon pays, je remuerais des royaumes. Toute l'histoire ecclésiastique en fait foi. »

Enfin, après avoir vu le séminaire abandonné par quelques-uns des jeunes gens qu'il aimait, et dont il disait douloureusement : « J'ai quitté mes amis, et ils me quittent à leur tour ; » après avoir complété sans précipitation de fortes et brillantes études théologiques ; après s'être bien répété : « La gloire est la plus grande des choses d'ici-bas, et c'est ce qui prouve combien les choses d'ici-bas sont petites... Mon but c'est de faire connaître Jésus-Christ à ceux qui l'ignorent, de contribuer à la perpétuité d'une religion divine, d'adoucir le plus de misères et d'arrêter le plus de corruption que je pourrai ; et mon écueil c'est le désir de faire parler de moi ; » il écrivait, le 25 septembre 1827 : « Ce que je voulais faire est fait, je suis prêtre depuis trois jours : *Sacerdos in æternum secundum ordinem Melchisedec !* » Il n'avait que vingt-cinq ans.

L'abbé Lacordaire ne se faisait d'illusions ni sur la difficulté des temps, ni sur les froideurs et les haines qui menaçaient la religion, ni sur les périls des tempêtes politiques qui pouvaient réagir contre le sanctuaire. Il avait du courage et il était prêt.

M. de Quélen voulut d'abord, mais vainement, l'attacher aux paroisses de Saint-Sulpice et de la Madeleine ; puis il le fit aumônier d'un couvent de la Visitation. Cet humble emploi lui laissait du loisir, et sa mère vint le rejoindre. La confession, le catéchisme, quelques instructions religieuses, remplissaient une part de sa vie. Il lisait saint Augustin et Platon, et ne parlait pas encore.

Le premier discours qu'il prononça comme prêtre eut lieu le jour de Noël 1827, au collége Stanislas, où devait commencer un jour sa réputation d'orateur sacré. Le discours fut remarqué. C'est le seul discours écrit qu'il ait composé.

Je n'ai pas dû parler d'un *catéchisme de persévérance* qu'il fit aux jeunes demoiselles, à l'église Saint-Sulpice, dans la dernière année de son séminaire.

Ces fonctions ne suffisaient à remplir ni le temps, ni surtout l'âme d'un jeune homme éminent. Il se dévoua à étudier l'antiquité ecclésiastique dans les ouvrages des Pères : « La force est aux sources, et je veux y aller voir. Le travail sera long, d'autant plus que je recueillerai sur ma route tout ce qui pourra me servir pour l'apologie du Catholicisme, dont le cadre n'est pas encore déterminé dans mon

esprit, mais dont les matériaux me doivent être fournis par l'Ecriture, les Pères, l'histoire et la philosophie. Tout ce que j'ai lu jusqu'ici sur la défense de la religion me semble faible ou incomplet.
Les théologiens modernes ne marchent pas sans guide. C'est tout
comme en Suisse : un chemin qu'un voyageur célèbre a suivi, tous le
prennent, et on passe à côté d'un sentier qui mènerait à de nouvelles
beautés, mais qui n'est pas historique encore. »

Ce passage est bien digne de remarque. Il nous paraît que c'est
déjà la pensée des *Conférences*, sous une autre forme.

Le prêtre nouveau n'avait pas entièrement oublié la voix et les
discordes du siècle où il venait de rentrer. Il disait, le 5 janvier 1828 :
« Il n'y a dans le monde que deux questions d'un intérêt général et
immortel, et qui puissent remuer nos consciences au XIXe siècle, *la
religion et la liberté*. Elles ont tour à tour, et quelquefois toutes deux
ensemble, agité l'univers, et jusqu'à la fin, jusqu'au jour où Dieu les
jugera, elles viendront redire aux petits enfants ce qu'elles auront
dit à leurs pères. L'oreille de l'homme n'est jamais sourde à ces
deux mots de religion, de liberté. Quiconque veut parler un langage
digne de retentir le long des générations doit parler la langue de Bru-
tus ou celle de saint Paul ; le reste périt. Que nous est-il venu de
l'antiquité? Que s'est-il sauvé de la main des Barbares et de la main
des moines? Les histoires de la liberté, les annales de la religion, la
pensée doublement sacrée parce qu'elle chante l'une et l'autre. »

Vers la fin de 1828, l'abbé Lacordaire fut nommé par M. de Vatis-
ménil aumônier-adjoint du collége Henri IV, sur la demande de l'archevêque. Il y fit quelque bien, parce qu'il se plaisait avec les enfants et que ses exhortations religieuses paraissaient être goûtées par
eux ; mais il était médiocrement satisfait de la situation intérieure
des colléges et des imperfections de notre *mère l'Université*.

Ses amis, impatients de son avenir, et pressentant celui qui lui
était réservé, le pressaient d'écrire et de parler. Son aimable esprit
leur répondait : « J'étudie et je n'écris point..... L'âge commence à
nous prendre ; il est temps de devenir raisonnable et de voir la vie
avec des yeux moins pleins du soleil de la jeunesse.... Soyons justes
envers Dieu : il n'a pas fait les hommes pour la célébrité, que si peu
atteignent, que si peu estiment lorsqu'ils l'ont obtenue.... Dieu voit

trop bien la petitesse du monde, pour avoir donné à ses créatures une si frivole occupation : il a fait les étoiles pour nous en dégoûter. La gloire est l'illusion de notre enfance et de ceux qui n'en sortent jamais ; celui qui peut l'atteindre n'y songe pas : il est déjà trop grand. Le sage vit de lui-même ; il n'attend pas si tard que trente ans pour connaître le prix de ces grandes coteries qu'on appelle nations ; il veut le bien et la vertu qui dépendent de lui ; il s'attache au coin de terre où la Providence l'a jeté ; et, s'il a un de ces génies vastes à qui le monde suffit à peine, il désire encore davantage la solitude. Il comprend trop ses contemporains pour ne pas s'estimer heureux de manger loin d'eux les oignons de ses jardins et les cerises amères de ses bois... La manie d'être quelque chose perd tous les esprits de ce temps, et s'il naît un grand homme, il nous viendra de quelque cabane de pêcheur où le fils d'un charbonnier se sera retiré avec vingt écus de rente. La première de toutes les gloires, celle de Dieu, est née dans la solitude. »

Ailleurs il badinait encore avec ses amis, dans le beau langage qui lui est si naturel : « Si la gloire venait comme une ancienne amie de la maison qui nous aurait un peu oubliés, nous serions généreux, nous ne lui tournerions pas le dos. Mais elle ne nous étoufferait pas, nous serions plus grands que ses ailes ; et, le dimanche, nous la mettrions au pot, par respect pour le septième jour. Certes, il y aurait de belles choses à faire. Toutes les gloires qui sont encore au-dessous de l'horizon s'élèveront par le Catholicisme. Et vous devez bien le voir, si vous suivez de l'œil le monde ! La société civile est incapable aujourd'hui d'enfantements : un grand homme est trop fort pour ses entrailles. Fille épuisée par le vice, elle a cru que la liberté rajeunirait son sein, et, quittant les palais, elle a dit à la multitude : Me voici ! Mais elle et la multitude se sont rencontrées comme le Péché et la Mort dans Milton. La jeunesse une fois périe ne renaît que par l'immortalité. La vertu et le génie, une fois éteints, ne renaissent que par la foi... Dieu a livré le monde aux hommes de génie, ces dieux créés, à la condition de fléchir le genou devant lui. Jusque-là, ils sont comme cet archange traversant le vide et le chaos, et tombant toujours, parce qu'ils ne trouvent pas un point solide pour frapper du pied et prendre leur élan. »—« Il nous reste le plaisir d'être

philosophes chrétiens en cachette , et le rossignol chante mieux dans
la solitude des nuits qu'à la fenêtre des rois. La postérité ne pourra
dire quels nous fûmes. Cette courtisane fait bien des malheureux, et
ses albums sont déjà si griffonnés, depuis Salomon et Homère, que
la place qui reste ne vaut pas la peine de demeurer veuf pour elle....
Mon âme, comme Iphigénie, attend son frère aux pieds des autels. »

Tandis que grondait de loin l'orage politique, l'abbé Lacordaire, qui
n'avait pas encore trouvé sa voie, « vivait au jour le jour, pour nous
servir toujours de ses propres paroles, lisant l'histoire ecclésiastique, tout Platon, une partie d'Aristote, Descartes et les ouvrages de
M. Lamennais. » — « Qu'est-ce que je fais donc ? s'écriait-il. Je rêve,
je pense, je lis, je prie le bon Dieu, je ris deux ou trois fois par se-
maine, je pleure une fois ou deux. Je m'échauffe de temps en temps
contre l'Université, qui est bien la fille des rois la plus insupportable
que je connaisse, et qui ne m'a même pas appris l'orthographe, à ce
qu'il me semble quelquefois. Ajoutez à cela quelques instructions im-
provisées à des élèves de troisième et de quatrième, voilà ma vie. »

Mais la chaleur apostolique de l'abbé Lacordaire ne devait point se
contenter de ces imparfaits et insuffisants travaux. Il forma le projet
de s'embarquer pour l'Amérique comme missionnaire. C'était à cette
terre nouvelle qu'aspiraient ses vœux d'apostolat, de religion et de liberté. Il croyait retrouver dans le Nouveau-Monde les sacrifices, les
épreuves, et tout ce qui lui manquait de bien à faire dans celui-ci. Les
États-Unis lui semblaient le seul lieu du monde où le Christianisme fût
établi sur une base franche, capable de lui donner de la solidité. Il
jugeait que là seulement il était libre, populaire, jeune, et que la révolution catholique en sortirait, comme autrefois en était sortie la
révolution politique.

Quoi qu'il en fût de ces pensées enthousiastes d'un jeune prêtre, il
s'était mis déjà en communication avec l'évêque de New-York, qui
lui offrait une place de vicaire général. Il avait vu même cet évêque en
Bretagne, chez M. de Lamennais ; car il venait de faire un voyage à
la Chesnaie, sans y être attendu. Il n'avait vu jusque là, nous l'avons
dit, que deux fois M. de Lamennais, et encore en passant, et dans des
termes de pure politesse. Mais il n'avait pas voulu quitter la France,

sans voir de plus près, et comme en une sorte d'adieu, un homme puissant par son talent et par sa renommée, aux doctrines duquel il résistait depuis longtemps, mais qui, placé déjà sur la brèche dans ses fougueuses polémiques contre les pouvoirs régnants, allait être nécessairement jeté dans un rôle important et nouveau par les changements politiques.

L'abbé Lacordaire ne passa que quatre jours à la Chesnaie, dans le printemps de 1830. Il fut séduit par l'aspect de l'écrivain breton. Les caresses d'un homme de talent et de gloire envers un jeune homme qu'il avait déjà recherché, la séduction naturelle qu'exerce toujours sur une imagination jeune une renommée acquise qui sourit au talent novice, tout devait contribuer à ce que M. de Lamennais s'emparât du premier coup de l'esprit de l'abbé Lacordaire, comme il s'était emparé d'abord de tant d'esprits jeunes et distingués.

L'abbé bourguignon espéra que M. l'abbé de Lamennais serait en France le fondateur de la liberté chrétienne. Il fut infiniment touché de voir *au milieu de ses bois* l'auteur de l'*Essai sur l'indifférence* : « C'est un druide ressuscité en Armorique, et qui chante la liberté avec une voix un peu sauvage. Le ciel en soit béni ! Pourtant, ce mot est éloquent dans toutes les langues, même quand il n'y reste qu'une corde, comme à Sparte. Nous étions heureux dans nos forêts nous étions quinze ou seize, la plupart jeunes gens et laïques. Nous nous promenions, nous causions, nous avons joué comme des frères. Je me rappelais ces vieux temps du Christianisme, et ces émigrations des grandes villes au trou de quelque solitaire renommé. Notre ermite est infiniment bon et simple, sans charlatanisme, disgracié des rois et n'y songeant guère. »

Trois mois après cette visite, éclata, comme un coup de tonnerre, la révolution de Juillet. Les projets de départ de l'abbé Lacordaire pour l'Amérique ne furent pas d'abord changés. Il obtint même le double consentement de sa mère et de M. de Quélen. Mais le départ de l'évêque de New-York lui-même fut retardé. Il voulut attendre le printemps en Europe, et, en attendant, le journal *l'Avenir* fut fondé le 15 octobre 1830.

L'imagination libérale de l'abbé Lacordaire était conquise ; il allait être, avec plusieurs catholiques d'élite, l'un des plus brillants

satellites de l'astre redoutable qui l'entraînait après lui dans son
orbite. Il y avait peut-être alors quelque danger et quelque honneur
à rester en France : il resta.

Nous nous sommes étendu volontiers sur M. Lacordaire, jeune,
obscur et à peu près inconnu. Nous ne nous sommes pas lassé de le
peindre dans la naïveté de ses impressions, de ses sentiments, de ses
propres paroles; car, à notre sens, l'homme mûr est contenu tout
entier dans sa jeunesse, comme le fruit dans sa fleur.

Désormais, l'abbé Lacordaire a un rôle sur la scène de la religion
et de la politique ; nous passerons plus rapidement sur les faits connus, sur les doctrines jugées, sur les œuvres et les choses imprimées,
nous contentant d'apprécier le plus brièvement possible ce qui aboutit
plus directement à l'auteur des *Conférences*.

La révolution de Juillet, pour avoir renversé le trône de France,
tenait l'Europe et le monde en suspens.

M. de Lamennais, qui avait autrefois défendu la monarchie absolue
avec la même ardeur excessive qu'il apporta depuis à la cause démocratique, crut le moment venu d'annoncer hautement aux peuples
le règne de la liberté religieuse et de la liberté politique, et de hâter
le triomphe de ces deux idées l'une par l'autre.

Il avait remarqué depuis longtemps que l'histoire de la royauté
française des derniers siècles montrait la religion chrétienne s'alliant
à la cause royale par des embrassements étroits et serviles. Les esprits superficiels et sceptiques tenaient donc en France le Catholicisme pour complice nécessaire de la monarchie dans ses conflits heureux ou malheureux avec les institutions nouvelles. Ainsi la cause de
Dieu, la cause éternelle, se trouvait misérablement liée à une querelle
humaine, à une forme sociale qui passe.

Il sembla urgent à M. de Lamennais de répudier une si funeste so-
lidarité. Il jugea que la révolution politique de 1830, en brisant une
couronne antique, avait aussi dû briser les vieux rapports du pouvoir
religieux et du pouvoir civil, et affranchir l'Eglise des dures étreintes
de la suprématie laïque. Il voulut l'Eglise aussi libre que l'Etat. Il prit
en main la cause des peuples catholiques contre les rois, les ministres, les magistrats, les hérétiques et les incrédules.

Mais d'immenses et brûlantes questions allaient être soulevées par cette polémique. Ce n'était pas la première fois que M. de Lamennais abordait, avec l'agressive éloquence et la dialectique passionnée du tribun religieux, la profonde et presque inextricable théorie des rapports de l'Eglise et de l'Etat. Il fallait secouer à la fois, pour les rompre, tous les liens qui attachaient le clergé français au gouvernement; il fallait remettre, avant tout, en litige la doctrine des *concordats,* la nomination des évêques, le budget du clergé.

Et en quel moment encore tant d'agitations doctrinales allaient-elles être provoquées? Au moment où l'Irlande catholique s'agitait puissamment, où la religieuse Belgique s'affranchissait, où le Rhin tremblait, où l'Italie remuait, où la Romagne était en feu, où l'héroïque Pologne se réveillait pour mourir, où la paix et la guerre du monde entier étaient, pour ainsi dire, livrées à un hasard!

Il est plus facile, après dix-sept années, de mesurer froidement et équitablement la position critique de 1830, et de rendre justice à la prudente prévoyance des uns, sans accuser la témérité courageuse des autres.

On comprend aujourd'hui que les hommes de gouvernement, que les vieux évêques et les vieux prêtres, blanchis et meurtris par les révolutions, ayant plus de connaissance et plus de défiance des hommes, ne se précipitassent point volontairement dans les hasards d'une tempête universelle.

Mais on comprend aussi ce que méritent de sympathie, et, s'il en était besoin, d'élogieuse indulgence, les hommes ardents ou jeunes, généreux ou forts, qui se mettaient les premiers en avant au jour de la bataille : pareils à ces belliqueux et aventureux tirailleurs qui se font tuer avant que le combat régulier soit engagé.

Il serait ingrat d'oublier que plusieurs des hommes éminents qui se portèrent alors au feu, peut-être avant le temps, avant l'ordre, avec une énergique audace, sont encore les mêmes dont les entrailles s'émeuvent aujourd'hui pour la sainte cause de la liberté religieuse, de la conscience, et dont les paroles et les écrits n'ont jamais déserté un seul instant les glorieux malheurs de la Pologne et les droits des nationalités européennes.

Il serait ingrat d'oublier que ces mêmes hommes se sont faits, avant nous, les défenseurs publics, et comme les martyrs de la *li-*

berté de l'enseignement, qui n'est autre chose que la liberté chrétienne, pour laquelle nous combattons encore, et dont nous attendons
le triomphe, non plus, il est vrai, des crises d'une révolution, mais
des progrès de la raison publique et du jeu lent et réglé de nos pouvoirs légaux.

Ne nous étonnons donc point que l'abbé Lacordaire, tel que nous
le connaissons maintenant, se soit jeté au plus fort de la mêlée, en
1830, avec la fougue d'un publiciste de vingt-sept ans.

Tandis qu'il combattait ainsi, sous l'ascendant de M. de Lamennais,
il eut le bonheur de rencontrer à ses côtés un jeune soldat déjà
rempli d'un talent et d'un courage virils, M. le comte de Montalembert. Une amitié durable, qui a survécu à ces temps orageux, comme
ces fleurs que la main de l'homme cueille au-dessus des volcans, ne
tarda point d'unir l'*écolier de vingt ans* à l'aumônier du collége
Henri IV. L'abbé Lacordaire en parlait ainsi : « C'est un jeune homme
charmant et que j'aime comme un plébéien. Je suis sûr que, s'il vit,
sa destinée sera pure comme un lac de la Suisse entre les montagnes,
et célèbre comme eux. » Jamais prophétie d'amitié ne dut mieux
s'accomplir que celle-ci.

On sait que l'abbé Lacordaire paya bien sa dette à *l'Avenir*, non-
seulement par de nombreux articles, où éclatent la verve de son
style et l'étincelle de son esprit, mais encore par plusieurs procès politiques. Et *l'Avenir* ne dura qu'un an !

Ce fut l'abbé Lacordaire qui écrivit les plus périlleux articles *sur
la suppression du budget du clergé* et sur *la liberté de l'enseignement.*
Ce fut lui qui parla de *la liberté de la presse,* de l'*Italie,* de la *Pologne,*
de la *Belgique.* Mais parmi toutes les caustiques apostrophes que le
polémiste lançait, sans se recommencer ou pâlir jamais, et avec l'ex-
cusable véhémence de la lutte quotidienne, aux gallicans, aux philosophes, aux athées, aux gentilshommes, aux rois, et même à tous les
catholiques timides, il avait toujours devant les yeux la croix de ce
Dieu qui devait être *la liberté et le frein de la liberté.* Aucun excès de
la force n'eut lieu sans qu'il le flétrît. Il voulait rendre à la religion
sa popularité antique ; mais il s'indignait noblement contre les vils
briseurs de croix, contre les misérables destructeurs de l'archevêché ;
il prenait généreusement la défense des évêques qui l'avaient aimé et

qui souffraient. Disons enfin que jamais *l'Avenir* ne fut doctrinalement et directement hostile au côté monarchique de nos libertés nouvelles. Il prétendait bien détruire les préjugés vulgaires qui traitaient la religion catholique en alliée nécessaire de la monarchie absolue ; il prétendait bien réhabiliter dans l'opinion le Christianisme par la liberté ; mais il le préférait visiblement à toutes les formes mobiles de l'organisation sociale, et le plaçait surtout au-dessus des opinions.

L'article aux *évêques de France* fut déféré au jury, au mois de février 1831, en même temps qu'un autre article de M. de Lamennais. L'abbé Lacordaire se défendit lui-même avec une franchise originale. Les accusés furent absous. Le bruit et l'honneur de la défense accrurent encore le crédit et le mérite des articles incriminés.

Prévoyant que les temps allaient devenir mauvais pour la religion, et voulant pouvoir s'offrir à elle comme défenseur devant les tribunaux, l'abbé Lacordaire avait demandé, au mois de décembre précédent, que son nom fût inscrit sur le tableau des avocats de la Cour royale de Paris. S'il y avait eu quelque chose d'étrange dans la demande, c'était à l'autorité ecclésiastique seule qu'il eût appartenu d'apprécier ce que cette démarche contenait d'insolite ou d'irrégulier. Le conseil de discipline, juge souverain, s'érigea en *Sorbonne,* en conseil de canonistes, et se refusa l'honneur d'inscrire le nom de l'abbé Lacordaire parmi les noms du barreau. M. Mauguin eut l'esprit de voter pour l'abbé Lacordaire.

Le rédacteur de *l'Avenir* avait été déjà obligé d'invoquer à son aide le secours des tribunaux. Les violateurs de l'archevêché avaient trouvé dans le pillage une feuille de papier contenant les dernières lignes et les signatures d'un mémoire adressé par tous les aumôniers des colléges royaux de Paris au ministre de l'instruction publique sur l'état moral et religieux de leurs colléges. Ce mémoire, sollicité par l'autorité elle-même, n'avait jamais été remis au ministre. On prit texte de cette feuille de papier égarée et retrouvée dans une émeute pour attaquer et calomnier les aumôniers de l'Université. L'abbé Lacordaire se déclara courageusement l'auteur du mémoire, en publia le texte entier et littéral, poursuivit les calomniateurs, et montra que, même en accomplissant un devoir secret de ses anciennes fonctions, en écrivant au ministre une pièce officielle et sollicitée, il avait su garder la franchise de la prudence et la mesure de la justice.

Une troisième épreuve attendait les rédacteurs de *l'Avenir*. Pour donner le branle à l'opinion et la pousser à conquérir plus vite la *liberté de l'enseignement,* posée en principe dans la Charte de 1830, MM. de Coux, de Montalembert et Lacordaire se firent maîtres d'école, et réunirent dans une salle quelques petits enfants. Ces nouveaux maîtres d'école voyaient bien qu'il est des cas où il faut prendre la liberté, quand elle se donne trop tard ou qu'elle refuse de se donner. Ils jugèrent que ce cas était arrivé pour la liberté de l'enseignement, à laquelle personne ne songeait plus, et qui n'est pas encore arrivée après dix-sept années de modifications politiques. Ils estimaient que la conquête de la liberté de l'enseignement, première et suprême condition de la liberté religieuse, était la plus grave de toutes, et comme ils prévoyaient avec un rare instinct qu'elle devait arriver la dernière, ils étaient pardonnables d'un peu trop se hâter de chercher à mettre en action ce qui n'était encore écrit qu'en principe dans notre code politique.

L'Université se courrouça. Les scellés furent apposés sur la porte de l'école privée. Un commissaire de police vint faire trois sommations à l'abbé Lacordaire, le chasser ainsi que les enfants, et mettre la clef dans sa poche. La Cour des Pairs fut appelée à juger ce grave délit, à cause de la qualité nouvelle de M. le comte de Montalembert. La noble Chambre condamna à l'amende solidairement les trois accusés pour avoir désobéi à l'Université. Mais ce fut une occasion pour l'*écolier de vingt ans* de faire entendre pour la première fois en public, et dans une circonstance solennelle, cette voix aussi sincère que dévouée, aussi courageuse que fidèle, aussi spirituelle que tendre, aussi chrétienne que mordante, aussi libérale que religieuse; en un mot, toute cette fleur d'esprit et de cœur qui ne manqua jamais depuis aux doubles intérêts de la liberté religieuse et de la liberté des peuples. L'abbé Lacordaire parla aussi avec cette rare distinction, avec ce charme imprévu que rien ne surprend, que rien n'intimide, et qui demeurent remarquables encore après l'émotion du jour.

Il ne s'était pas fait d'illusions sur les tribulations de cette vie militante dans laquelle il était entraîné par les événements et par son propre caractère. « Je ferai des fautes, disait-il en janvier 1831 ; j'aurai des chagrins, peut-être bien amers. »

Tant de hardiesses si nouvelles émurent le gouvernement, les partis politiques et le clergé. La circonspection hostile des évêques, les alarmes d'un grand nombre de prêtres, les plaintes sourdes ou patentes des plus anciens et des plus honorables amis de la dynastie tombée; les doutes inquiets qui pesaient sur le sort de l'établissement nouveau, l'étonnement extrême d'une foule de catholiques qui ne comprenaient pas encore que les appels à la liberté politique, à la liberté religieuse, à la liberté de la presse, à la liberté d'association, à la liberté de l'enseignement, dussent sortir de la bouche des chrétiens et du sacerdoce chrétien lui-même ; la frayeur, naturelle aux gens honnêtes et mal résolus, de voir s'envenimer les erreurs des passions publiques par des provocations, même des plus généreuses, et, plus que tout le reste, la position personnelle de M. de Lamennais, chef officiel de *l'Avenir*, et inspirant déjà à l'épiscopat et au clergé de fortes défiances, tout avait amassé autour du nouveau journal un incroyable faisceau d'obstacles bien plus difficiles à vaincre qu'à braver.

Les rédacteurs catholiques de *l'Avenir* pensèrent avec raison qu'ils ne pouvaient surmonter tant d'embarras, s'ils n'étaient soutenus et avoués contre les inimitiés, les dissentiments, les défiances de toutes sortes, par l'autorité apostolique, dont ils avaient toujours soigneusement réservé, respecté, ménagé, défendu les droits.

Ils partirent pour Rome[1] à la fin de novembre 1831. *L'Avenir* avait été suspendu le 15. Avant de cesser leur journal, les voyageurs y avaient publié une *déclaration de doctrines*. Cette déclaration, rédigée par M. Gerbet aidé de M. de Lamennais, et signée par tous les rédacteurs[2], s'expliquait sur les questions les plus formidables, sur les rapports de la puissance spirituelle et de la puissance temporelle, sur la puissance pontificale et celle des conciles généraux, sur l'amissibilité du pouvoir, la souveraineté nationale, la séparation de l'Eglise et l'Etat, les libertés politiques et les conditions du pacte social de 1830, etc.

A Rome, ils présentèrent au Saint-Siége un *mémoire*, complément de la *déclaration*. Ce mémoire, qui a été inséré tout entier dans *les*

---

[1] MM. de Lamennais, de Montalembert et Lacordaire.

[2] MM. de Lamennais, Gerbet, Rohrbacher, Lacordaire, de Coux, Bartels, d'Ault-Dumesnil, de Montalembert, d'Ortigue, de Salinis, Daguerre, Harel du Tancrel, Waille.

Affaires de Rome par M. de Lamennais, fut écrit par l'abbé Lacordaire. Il ne regardait aucunement les doctrines, mais seulement les faits et les intentions, et l'on y retrouve le talent et l'habileté ordinaires du rédacteur.

Ce n'est pas à nous de dire si les démarches de la diplomatie française ou européenne n'avaient pas devancé dès longtemps, à la cour de Rome, le mémoire et l'arrivée des rédacteurs de *l'Avenir*. Ce n'est pas à nous de dire ce que les nécessités des temps, les troubles de l'Italie, le soulèvement de la Romagne, le voisinage de l'Autriche, les secousses terribles de la Pologne, les frémissements de l'Irlande, les événements de la Belgique, l'hésitation de l'Allemagne, les sollicitudes de l'Europe, commandaient de prudence au Saint-Siége.

Le pouvoir immobile devant qui passent tous les pouvoirs de la terre, et qui voit s'écouler sous ses pieds tous les flots successifs de la civilisation, n'a point pour mission de hâter, au sein même de la tourmente et prématurément, au gré des impatientes imaginations, les révolutions des doctrines et la réforme des Etats. C'est la sagesse du Saint-Siége d'attendre l'heure où le bien même est possible, où le changement ne coûtera pas trop cher, où la défaite du passé ne compromettra pas trop l'ordre général.

En 1831, sous les menaces d'un ébranlement universel, la haute raison pontificale a pu hésiter, s'arrêter, se roidir contre des nouveautés sans limites, contre des tentatives mal réfléchies et des théories absolues, où étaient engagés le repos et le salut du monde. Aujourd'hui que les esprits sont raffermis et plus calmes, qu'une agitation générale ne tourmente plus jusque dans ses fondements l'édifice européen, la main paternelle de Pie IX pourra répandre avec mesure et discrétion sur les peuples des réformes lentes, mais plus sûres, déjà rêvées par ses prédécesseurs, qui ne purent les réaliser; il lui sera donné, nous l'espérons, de favoriser dans tout l'univers catholique l'union définitive de l'idée chrétienne avec la doctrine de l'affranchissement des nations, de la justice politique avec la religion.

Dans le bien même il s'agit de rencontrer l'opportunité et la modération, filles toutes deux du bon sens, et toutes deux mères du succès.

L'abbé Lacordaire avait souvent pensé à voir Rome. Mais Rome était pour lui un pays plus remarquable par l'état actuel de son esprit et de son enseignement que par ses débris. Avant d'y aller, et pour tirer quelque fruit de ce voyage, il voulait faire bien des études historiques et philosophiques ; et pour comprendre comment le Catholicisme y vit, il projetait des travaux de plusieurs genres et un séjour un peu prolongé.

Avant de partir pour Rome, il était allé, dans la retraite, se reposer de ses excitations, et se consoler des haines et des passions qui l'assaillaient. Il habitait « une jolie petite maison d'où l'on voit la Loire à ses pieds, avec un jardin, un bois, une pelouse, deux grands arbres, une cour entre la cure et l'église, deux chiens, des pigeons et un ami. »

Il se vantait « de n'avoir jamais compris qu'on pût haïr un homme qui est dans l'erreur, tant qu'il n'opprime pas, et de ne haïr que la tyrannie en ce monde. » Et, en écrivant de charmantes lettres à des amis peu orthodoxes : « J'imite, leur disait-il, nos anciens Pères, qui correspondaient avec les païens de leur temps et leur disaient des choses agréables de bien bon cœur. »

Les pèlerins de Dieu et de la liberté arrivèrent à Rome dans les derniers jours de 1831. Dans le chemin, l'imagination de l'abbé Lacordaire avait remarqué les beautés pittoresques des côtes de la Méditerranée. « De Nice à Gênes, la vue est admirable et constante sur la Méditerranée. On longe la côte sur une route souvent taillée dans le roc vif, et à chaque instant l'œil plonge dans de nouveaux golfes, ou découvre au loin de nouveaux promontoires. Les villas sont jetées de distance en distance sur les collines ou sur les rocs, comme des tableaux, et le soleil fait de la Méditerranée tout ce qu'il veut. »

En abordant la chaire de Saint-Pierre, les voyageurs voulaient faire ou croyaient faire un acte de foi. Mais leur démarche était fausse sous deux points de vue : d'abord en prétendant obliger le Saint-Siége à se prononcer sur des questions délicates, dont plusieurs même n'étaient pas théologiques, et, ensuite, en le pressant de confirmer des opinions, lui dont la charge se borne toujours à condamner des erreurs.

Le Saint-Siége fut mécontent de voir arriver les voyageurs, et il désirait ne rien faire.

M. de Lamennais persistait à obtenir une approbation formelle ou du moins un jugement. Il annonçait hautement que si le souverain Pontife différait de se prononcer, il retournerait en France et reprendrait *l'Avenir*.

L'abbé Lacordaire pensait, au contraire, que, n'étant pas approuvés formellement, et ne pouvant parvenir à l'être, il convenait de quitter Rome et de laisser *l'Avenir*.

Ce dissentiment le sépara de ses amis. Disons plus : son œil perçant pénétrait dès lors tout le ravage intérieur que l'improbation du Saint-Siége, secrète encore, mais certaine, opérait déjà dans l'âme révoltée de M. de Lamennais. Dès ce moment (il en existe un témoin vivant et des preuves écrites irrécusables), l'abbé Lacordaire pressentait la chute du maître. Il partit pour la France, le 15 mars 1832, quatre mois avant ses compagnons. Eux-mêmes revinrent au mois de juillet, écrivant qu'ils revenaient à Paris continuer leur journal, puisque Rome ne voulait rien décider.

Résolu à ne point recommencer *l'Avenir*, l'abbé Lacordaire n'attendit point à Paris M. de Lamennais, et partit au mois d'août pour l'Allemagne.

Le hasard voulut que les voyageurs revinssent en France par Munich, et que M. de Montalembert découvrît fortuitement le nom de l'abbé Lacordaire parmi les noms imprimés sur une liste d'auberge.

C'est à Munich, au sortir d'un dîner offert aux voyageurs par des hommes distingués ou savants de l'Allemagne, que les trois Français apprirent l'encyclique de Grégoire XVI.

Revenus tous ensemble et tristes à Paris, mais déjà résolus à Munich, sur les sollicitations de l'abbé Lacordaire, avant même la réception de l'encyclique, de s'abstenir de politique, au moins jusqu'à une époque indéterminée, les journalistes condamnés se décident, non sans résistance de la part de M. de Lamennais, à se soumettre sans réserve, et leur première démarche, le lendemain de leur arrivée, est de publier leur adhésion formelle et pure et simple dans les journaux.

La condamnation pontificale tombait plus lourdement sur la tête illustre et vieillie de M. de Lamennais que sur celle de ses deux jeunes collaborateurs. Malgré de précédents dissentiments déjà graves, l'abbé Lacordaire ne voulut pas laisser seul M. de Lamennais. Il l'accompagna à la Chesnaie avec M. l'abbé Gerbet, espérant le sauver encore, et y passa les mois d'octobre et de novembre.

Sans parler de sa conscience de prêtre et de chrétien, la seule raison, la seule prudence, suffisaient à l'abbé Lacordaire pour juger que c'était le temps où il devenait plus nécessaire que jamais aux catholiques de s'appuyer, de s'unir au centre même de l'unité et de la foi. Il ne lui coûta point de se retenir sur la pente de l'abîme où il tremblait que M. de Lamennais, malheureux, ulcéré, vaincu, ne se laissât tomber. Après de pénibles débats et des appréhensions funestes, il prit la résolution de quitter la Chesnaie, n'attendant plus rien de son séjour en ce lieu. Jusque-là, la crainte de chagriner un homme illustre, et dont il avait reçu des marques d'affection et d'estime en échange d'une admiration respectueuse et cordiale, l'avait fait différer le jour de cette pénible séparation.

De ce jour, M. de Lamennais et l'abbé Lacordaire ne devaient plus se revoir. Du reste, même après que tout lien fut brisé entre celui-ci et l'*esprit sans limites* de l'écrivain breton, l'abbé Lacordaire s'imposa justement une silencieuse et respectueuse réserve. « M. de Lamennais, écrivait-il quelques mois après, est si profondément consciencieux, désintéressé et malheureux, qu'il m'a fallu un an de combats terribles en moi-même pour me résoudre à le quitter. J'eusse été cent fois plus malheureux que lui, n'ayant pas comme lui un caractère d'airain et une gloire acquise. »

Après le solennel naufrage de *l'Avenir*, l'abbé Lacordaire ne put point se dissimuler qu'il avait besoin de temps pour dissiper bien des préventions dans l'esprit des amis ou des ennemis de M. de Lamennais. Il songea à rentrer dans la vie privée, dans une vie d'études, de préparation, de travaux oratoires et écrits. Il revit M. de Quélen, qui l'accueillit avec la même bienveillance, et rentra aussitôt dans son modeste couvent de la Visitation.

Rétabli donc, en 1833, dans le même asile qui l'avait reçu au sortir du séminaire, il songea à y écrire et à s'y préparer à la prédication, *ces deux choses sans lesquelles sa vie ne serait pas complète*. Il se donnait six ans pour composer un livre sur *l'Eglise et le monde au XIX*e *siècle*.

Pour s'essayer à quel genre de prédication il serait bon, il précha, cette même année, « dans le collége avec succès, et dans une paroisse de manière à être bien mécontent de lui. » — « C'est la seconde fois, disait-il alors, que j'éprouve combien mon genre d'esprit est peu sympathique avec une assemblée ordinaire de fidèles. Ma voix d'ailleurs n'est pas assez forte pour une église, et je me ruinerais la poitrine en peu de temps. La jeunesse est plus mon fait. Toutes les fois que j'ai eu à lui parler dans nos chapelles de collége, j'y ai produit quelque bien. Du reste, je lis saint Augustin, que j'aime beaucoup. C'est un homme naïf, quoiqu'un peu subtil, et son histoire m'attache singulièrement. »

Il se passionnait de plus en plus dans la lecture de saint Augustin : « C'est un homme subtil de style plutôt que dans les choses, et celui de tous les Pères qui renferme le plus de pensées profondes sur la religion, outre que, venu l'un des derniers, il a l'avantage de résumer la doctrine de ses prédécesseurs. C'est le saint Thomas des temps primitifs. »

Mais l'abbé Lacordaire était déjà trop connu, trop apprécié, pour rester longtemps dans l'ombre. Le directeur du collége Stanislas désira qu'il vînt prêcher dans sa chapelle ; et l'hiver de 1834 ne se passa point sans qu'un grand succès vînt révéler à tous que la chaire chrétienne avait trouvé un homme éloquent de plus. L'étroite chapelle ne suffit pas à contenir tous les hommes éminents qui s'y pressaient pour entendre l'orateur nouveau. L'abbé Lacordaire improvisait déjà, il improvisait toujours. Il sentait qu'il n'avait quelque action sur les âmes que par là, et il renonça dès lors à rien prononcer d'écrit.

Mais il improvisait avec des entrailles de jeunesse et de libéralisme qui passionnaient les cœurs neufs. Le gouvernement s'en inquiéta presque, et l'on s'imagina en plus d'un lieu que l'abbé Lacordaire était « une sorte de républicain fanatique, capable de bouleverser l'esprit d'une partie de la jeunesse. » Les conférences de *Stanislas* durent cesser.

Cette époque de la vie de l'abbé Lacordaire fut encore marquée par deux faits importants.

On venait de lui offrir la direction d'un journal politique et religieux, qu'il eut la sagesse de refuser. « Je n'ai pas voulu rentrer dans la carrière du journalisme. J'ai fait mon temps de service, quoique court, et j'ai reçu assez de blessures pour être réputé invalide. »

Il crut alors aussi qu'il était de son devoir de se séparer *authenti-quement* de M. de Lamennais. Il publia le premier écrit de quelque haleine qui soit sorti de sa plume : *Considérations sur le système philosophique de M. l'abbé de Lamennais.*

Cette brochure de deux cents pages dut être jugée diversement. Les uns, le plus grand nombre, y virent une satisfaction légitime offerte aux évêques et aux catholiques de France, et pensèrent qu'il y avait bien aussi quelque mérite à un homme tel que l'abbé Lacordaire d'avouer, par un effort toujours pénible pour l'amour-propre, qu'il s'était trompé sur tout un système de philosophie. Les autres jugèrent que l'abbé Lacordaire eût mieux fait encore de continuer à se taire, par égard pour une ancienne et illustre amitié.

L'abbé Lacordaire, lui-même, hésita longtemps avant de faire cette démarche officielle. Il consulta M. de Quélen, qui n'avait pas eu à se louer, on le sait, de la mansuétude de M. de Lamennais. Il faut le dire ici à l'honneur de la mémoire de l'archevêque de Paris, M. de Quélen dissuada l'abbé Lacordaire de toute publication, lui prédisant qu'il se ferait par là plusieurs ennemis et qu'il serait blâmé par quelques-uns.

Cet avis plein de charité de M. de Quélen suspendit la résolution de l'abbé Lacordaire. Il n'y revint, sous la conviction d'une nécessité urgente et nouvelle, qu'au moment où parurent les *Paroles d'un Croyant.*

Ce livre acheva d'écarter de M. de Lamennais la plupart des amis catholiques qui lui étaient demeurés jusque là fidèles. M. l'abbé Gerbet, lui-même, s'en sépara publiquement. Jamais la détermination de l'abbé Lacordaire ne fut donc plus complétement absoute dans sa propre conscience comme dans celle de tous.

Du reste, la brochure de l'abbé Lacordaire se tint dans les termes de la plus parfaite convenance. Elle conservait tous les égards dus aux personnes. On y entrevoyait « l'affection, les souvenirs, la douleur, le respect, mille nobles sentiments. » Il déclarait « que le système philosophique de M. de Lamennais l'avait *jeté dans des perplexités sans fin; qu'il n'avait pris* enfin son parti (ce que nous avons déjà dit le prouve) *qu'à la veille de* 1830, plutôt par lassitude que par une entière conviction, et que, même au plus fort des travaux de *l'Avenir*, il passait de temps en temps dans son esprit des apparitions philosophiques ennemies. »

Il y avouait modestement que, « luttant contre une intelligence supérieure à la sienne, et voulant lutter seul contre elle, il était impossible qu'il ne fût pas vaincu. »

Le ton général de la brochure de l'abbé Lacordaire était même si plein de modération qu'il jetait comme un voile sur l'entraînement accoutumé de son style. C'étaient bien les mêmes qualités de son esprit, mais couvertes par je ne sais quelle ombre de tristesse et de réserve. Ce qu'il y avait de plus remarquable dans cet écrit, c'était un chapitre préliminaire sur l'*état actuel de l'Eglise de France,* quelques belles et filiales paroles sur la papauté et Rome, et des citations notables, et admirablement traduites, de saint Augustin et de saint Thomas. Saint Thomas était devenu, après saint Augustin, la lecture de prédilection de l'abbé Lacordaire. A ses yeux, le tort principal de la philosophie de M. de Lamennais avait été de mettre l'autorité du genre humain à côté de l'Eglise, et de préférer celle-là.

Après avoir parlé heureusement à *Stanislas,* l'abbé Lacordaire alla voir les bords du Rhin, et chercher en Allemagne son ami M. de Montalembert. Il visita Marbourg et son église avec le jeune auteur de *Sainte Elisabeth de Hongrie.* Puis il s'enfonça plus que jamais dans la lecture des saints Pères, et dans ce saint Augustin où « il trouvait tant de richesses inconnues que cela l'engageait à poursuivre. »

Il lui paraissait bon, d'ailleurs, de se tenir à l'écart. *L'Avenir,* le voyage à Rome, sa lutte avec M. de Lamennais, l'avaient mis en présence du public d'une manière trop prématurée et trop complexe, pour qu'il n'eût pas besoin de se retirer dans la solitude et le travail.

« Tout en lisant saint Augustin de toutes ses forces, » son esprit revenait déjà au vaste sujet qui le préoccupait depuis longtemps et sur lequel il prétendait coordonner ses pensées. Il voulait toujours faire son livre sur *l'Eglise catholique,* en la considérant « dans l'ordre philosophique, dans l'ordre politique, dans l'ordre moral, dans l'ordre dogmatique. C'est l'affaire d'une vie. J'ignore ce qui se présentera à faire sur le chemin. Peut-être serai-je interrompu. Mais je reviendrai toujours là comme au point central, comme au foyer de ma vie. »

Cependant le retentissement de la parole du prédicateur de *Stanis-las* avait été au-delà des murailles d’un collége. La faveur constante, opiniâtre, de M. de Quélen, supérieur aux dissentiments de l’opinion, ouvrit, en 1835, à l’abbé Lacordaire la chaire de Notre-Dame[1].

On sait avec quel éclat il parut dans la métropole de Paris, pendant les carêmes de 1835 et 1836. On sait qu’à la fin de ces conférences, qui allaient s’interrompre, la paternelle émotion de M. de Quélen répandit ses adieux et ses bénédictions sur le départ de l’abbé Lacordaire, en le nommant un *prophète nouveau.*

L’abbé Lacordaire allait une seconde fois à Rome, non plus comme suppliant et accusé, mais comme un enfant de grâce et de bénédiction.

Ce n’est pas qu’un reste de défiance ne survécût encore dans quelques esprits. La fougue du prédicateur, les sujets qu’il affectionnait, la témérité de son improvisation, et quelquefois même l’incroyable inexactitude de quelques-unes de ses expressions, inspiraient aux meilleurs esprits des craintes qui n’étaient pas toujours illégitimes. Les ressentiments anciens, les rivalités, les soupçons et les mécontentements de l’opinion politique, trouvaient aussi leur compte à critiquer les fautes originales d’un zèle encore peut-être insuffisamment mûri et réglé. On ne pouvait nier l’éloquence et la nouveauté de la parole ; on contestait avec plus d’apparence de raison la science théologique de l’orateur.

L’abbé Lacordaire alla donc étudier à Rome. Mais il n’y était pas ramené seulement par des désirs d’études théologiques plus profondes ; il portait déjà au dedans de lui les pressentiments de sa vie monastique. Il avait retrouvé et vu de près à Rome ces ordres religieux, si déplorablement, si radicalement balayés de notre sol, dans la tourmente, par les préjugés, par l’esprit d’ignorance ou de convoitise. Il avait remarqué que de leur sein ne cessaient pas de sortir les hommes les plus éminents dans la science, dans la parole, dans l’enseignement, dans la papauté. Une fois que son talent lui semblait avoir trouvé sa véritable voie, la prédication, il ne voulait pas qu’elle

[1] M. de Quélen avait établi à Notre-Dame des *conférences*, enseignement doctrinal destiné principalement aux jeunes gens des écoles. Plusieurs célèbres ou jeunes prédicateurs y parurent et y alternèrent d’abord, entr’autres M. l’abbé Dupanloup.

fût seulement un ornement de sa vie, mais un devoir et une mission.

Durant une partie des années 1836 et 1837, il laissa mûrir son idée à Rome. Plus tard, il se fit même entendre dans la capitale du monde chrétien, et monta une fois dans la chaire de *Saint-Louis-des-Français*, Dans son esprit de retour, il refusa de s'attacher à cette église par des fonctions fixes qui lui furent offertes, et, répondant à l'appel d'un évêque, il revint en France parler, cinq mois entiers, dans la cathédrale de Metz, et publier la *Lettre sur le Saint-Siège*.

La voix de l'abbé Lacordaire fut écoutée à Metz, dont les jeunes hommes peuplent les écoles militaires, comme elle avait été écoutée par la jeunesse parisienne. Ce fut comme une longue ovation.

S'il avait pu survivre dans l'esprit des catholiques quelques doutes encore sur certaines idées bizarres ou téméraires de l'abbé Lacordaire, et sur sa soumission vraie, complète, absolue, aux sentiments de l'Eglise universelle, ils auraient fini de se dissiper entièrement à l'apparition de la *Lettre sur le Saint-Siége*. Cette lettre, bien qu'écrite à la fin de 1836, ne fut publiée qu'en 1838.

Jamais on ne parla en paroles plus magnifiques de cette Rome, « où tous les peuples ont passé, où toutes les gloires sont venues, où toutes les imaginations cultivées ont fait au moins de loin un pèlerinage ; le tombeau des martyrs et des apôtres, le concile de tous les souvenirs, Rome ! » Jamais on ne dépeignit avec de plus chaudes couleurs cette campagne romaine « qui s'épanouit comme un large nid d'aigle, reste éteint de plusieurs volcans, solitude vaste et sévère, prairie sans ombre.... » Jamais on ne décrivit avec un coup d'œil plus spirituel et plus pittoresque la situation géographique et prédestinée de l'Italie. Jamais on ne résuma avec une simplicité plus majestueuse, et on ne releva avec une nouveauté plus piquante, le passé du pontificat romain, de saint Pierre à Pie VII. Jamais, enfin, on n'entrevit avec une finesse plus juste l'avenir de Rome chrétienne, et l'on ne justifia mieux sa circonspection paternelle parmi les royaumes divers, les passions contemporaines, les partis politiques, les tiraillements des opinions et des intérêts multiples, les dissidences des esprits et des nationalités.

De Metz, l'abbé Lacordaire retourna à Rome, pour entrer comme novice dans un couvent de Dominicains. Ayant dévoué sa vie à Dieu et à la prédication de la parole évangélique, il lui paraissait que la voie monastique où il s'engageait n'était que le complément naturel de sa carrière et de ses vues antérieures. Dès longtemps il portait en lui le goût de la vie religieuse active, qui répondait à la double nature contemplative et active de son caractère, et devait le diviser, pour ainsi dire, entre la solitude et le monde. Ce goût s'était encore fortifié dans le séjour prolongé qu'il fit à Rome dans les cloîtres dominicains de la Minerve, où réside le maître général de l'ordre. La règle des *Frères Prêcheurs* lui allait si naturellement, qu'on eût dit qu'il avait été fait pour elle. Cette règle avait en outre à ses yeux un autre mérite, un autre attrait : les prescriptions rares, simples, douces, peu compliquées, données à la vie commune de quelques chrétiens par saint Augustin lui-même, son auteur de prédilection: Elle lui laissait du temps pour la prière, pour l'étude, pour la solitude qu'il aimait, et la liberté d'aller au dehors annoncer au siècle le nom de Dieu. Il était convaincu d'ailleurs que le Christianisme, aujourd'hui comme toujours, ne peut accomplir toutes ses destinées sans le secours des ordres religieux, et que les séminaires et les paroisses ne sont pas capables de pourvoir seuls aux besoins scientifiques et prosélytiques de la religion.

Dans sa conviction profonde de l'excellence et de l'utilité de son but, il s'adressa librement, avec la franchise et le droit d'un citoyen français, à l'opinion de ses compatriotes, à son pays, dans le *Mémoire pour le rétablissement en France de l'ordre des Frères Prêcheurs*. Il demanda la justice aux préjugés modernes, en termes élevés, où la prudente fermeté du chrétien égalait la force élégante du langage. Il demanda *la liberté qui n'est que la justice*, comme par souvenir de son dialogue socratique de 1822 sur *la liberté*. Il passa en revue, il expliqua les trois vœux si mal connus, si calomniés, de la pauvreté, de la chasteté, de l'obéissance monastiques. Il montra les bienfaits de la vie commune religieuse, de « ces saintes républiques, ces pacifiques forteresses, bâties dans la solitude, que le monde apercevait de loin, comme ces châteaux que le voyageur qui passe dans la plaine entrevoit au haut des montagnes. » Les constitutions libérales et électives de l'ordre dominicain étaient louées avec une noble confiance.

Par les exemples de l'histoire, par les nécessités même du temps présent, il prouvait quels services rendirent, et combien manquent aujourd'hui les saintes maisons de la prière, de l'étude et de la science divine. Son admiration parlait du grand fondateur de l'ordre des Frères Prêcheurs, saint Dominique, le plus illustre, avec saint François d'Assise, des réformateurs de la vie religieuse au XIIIe siècle. Il osa nommer l'inquisition, en montrant que les torts qui lui furent surtout et le plus reprochés ne dataient point du XIIIe siècle, mais bien de l'époque où la suprématie des rois d'Espagne en fit à leur profit une institution politique. Enfin, il fit voir, contre l'erreur commune, que l'ordre de saint Dominique n'eut pas dans l'inquisition la place exclusive qui lui est attribuée généralement, que rois, papes, évêques, toutes les autres congrégations religieuses, toutes les institutions, toutes les croyances, tous les hommes du passé, sont également responsables des fautes ou des bienfaits de l'inquisition, et qu'elle ne doit pas être jugée par les habitudes de notre siècle et selon les doctrines, encore mal appréciées dans leurs fruits, de la liberté absolue des cultes et des consciences.

Le *Mémoire* fut remarqué et non attaqué. On y distingua la partie qui traite des grands hommes, des saints, des papes, des évêques, des missionnaires miséricordieux, tels que Las Casas, des artistes, des savants docteurs, des prédicateurs célèbres que produisit l'ordre de saint Dominique, en renouvelant les merveilles de la pensée de saint Bernard, en donnant à l'Eglise une nouvelle forme de milice, en unissant ensemble la vie du cloître et la vie du siècle ; le moine et le prêtre. On distingua surtout les traits rapides, mais choisis, qui suffisaient à l'auteur pour peindre au vif saint Dominique, le père de l'ordre, et saint Thomas d'Aquin, son plus éminent docteur, cette merveille du XIIIe siècle, celui que révèreront à jamais l'Eglise et la science, celui dont l'abbé Lacordaire avait déjà commencé l'étude avec un goût qui ne devait point finir. On ne fut pas moins touché de l'énergie toujours fine, quelquefois ironique, avec laquelle le Dominicain futur répondait aux objections du siècle, à qui il criait que les ordres monastiques étaient, avant tout, des ordres bienfaiteurs et populaires. Et il ne put, à cette occasion, s'empêcher de donner un souvenir de regret à son ancien maître : « Le prêtre le plus remarquable qu'eût produit l'Eglise de France depuis Bossuet, courut au-devant de la nation ; s'il a péri, c'est bien moins pour avoir outrepassé le but, que pour n'avoir pas compris toute la justice qui lui était rendue. »

Ce ne fut pas tout. Dans les couvents romains, le fils nouveau de saint Dominique avait appris plus à fond l'histoire de son ancêtre spirituel. Il se fit un devoir d'écrire une vie de son saint patriarche, *lisible en français*. « Cette vie est fort simple, fort belle, mais très-difficile à faire. »

Il est peu de catholiques lettrés qui n'aient lu cette vie de saint Dominique. Elle fut composée, comme le *Mémoire*, soit au couvent de la Minerve, soit au couvent de la Quercia, près Viterbe, soit au couvent de Sainte-Sabine, sur le mont Aventin, où l'abbé Lacordaire passa successivement le temps de son noviciat. Elle ne parut qu'en 1841.

Parti de France avec deux compagnons, le 7 mars 1839, l'année même de la publication du *Mémoire*, l'abbé Lacordaire avait immédiatement commencé son noviciat à *la Minerve*. Il prononça ses vœux le 12 avril 1840, à la Quercia, prit dans son baptême monastique le prénom de *Dominique*, et le nom de P. Lacordaire, qu'il ne doit plus quitter désormais.

Nous ne voulons guère nous arrêter à la *Vie de saint Dominique*, parce qu'elle est plus connue et plus jugée.

Le grand mérite, mais aussi la grande difficulté, c'était, en un pareil sujet, d'unir la grâce tendre et harmonieuse, l'onction suave de la légende sainte au coup d'œil plus mâle et plus sévère de l'historien. Cette double qualité se rencontre à un haut degré dans l'art du P. Lacordaire à saisir avec un ton exquis les nuances délicates de transition entre les parties miraculeuses du saint et le côté social et historique de saint Dominique. Il pénètre encore plus avant dans les constitutions des Frères Prêcheurs. Il en raconte, avec une rapidité étonnante et pourtant toute circonstanciée, les premières origines, toutes françaises, et la première expansion. Son héros est vengé de la part sanglante qu'on lui attribue vulgairement dans la guerre des Albigeois. Cette guerre elle-même est rendue à ses proportions vraies, à sa nature propre ; et la figure rude, mais héroïque, de Simon de

Monfort est peinte avec les couleurs simples de la pieuse barbarie du temps. Le récit de la bataille de Muret est un chef-d'œuvre de narration historique.

On sent que le P. Lacordaire s'arrête avec amour sur la belle et miraculeuse scène où se rencontrent à Rome les deux grands fondateurs, saint Dominique et saint François d'Assise.

Il revient encore une fois, avec plus de détails victorieux, sur le rôle réel qui appartient à saint Dominique et aux siens dans l'histoire controversée de l'inquisition.

Mais si son âme abonde plus volontiers à redire les choses merveilleuses de ces temps de foi et les grandes choses que vit naître le siècle d'Innocent III, je ne trouve rien de plus délicieux, après la légende de saint Dominique et de plusieurs de ses saints compagnons, auxquels il recommandait de *toujours parler de Dieu ou avec Dieu*, que la description intérieure d'un monastère dominicain. C'est peut-être en lisant cet endroit que M. de Chateaubriand, ce prince de la littérature contemporaine, louait la singulière *félicité* d'expression du P. Lacordaire, et disait qu'il y avait dans la *Vie de saint Dominique* QUELQUES-UNES DES PLUS BELLES PAGES DES LETTRES FRANÇAISES MODERNES.

Que pourrions-nous dire après une telle louange et un tel juge ?

Après avoir ainsi payé sa dette à la mémoire de saint Dominique avec une éloquente tendresse, le P. Lacordaire allait revoir la France qu'il aimait tant et où tout le rappelait. Mais on ne réfléchit pas assez peut-être par combien de sacrifices il eut la force d'accomplir sa plus chère et plus profonde pensée. Pour pouvoir s'imposer successivement tant d'exils longs et volontaires ; pour aller s'ensevelir, au milieu des ardeurs de la vie, dans d'obscurs couvents italiens ; pour interrompre tout à coup par la plus sévère retraite, et durant plusieurs années, une renommée déjà flatteuse et grandissante, il faut avoir reçu de Dieu une grande vertu de volonté. Tant de dévouement eut aussi sa digne récompense. Il recueillit de ses séjours fréquents et prolongés à Rome quelque chose de cette gravité triste qui tempère heureusement le feu de l'imagination, et qui enlève aux passions et aux opinions de l'homme ce qu'elles peuvent avoir de trop vif et de trop individuel. L'esprit du P. Lacordaire était déjà mûri par beaucoup d'épreuves. Mais tout cœur, je ne dis pas grand, mais seulement d'une certaine portée, qui a vécu et médité sur les ruines de Rome, en rapporte nécessairement, ne fût-il pas chrétien, je ne sais quoi de calme et de haut qui est déjà comme l'impartialité de la philosophie chrétienne. Que doit-il donc arriver, lorsque c'est une âme chrétienne qui va penser sur la double tombe des Césars et des Apôtres ?

Le P. Lacordaire faisait sans doute allusion lui-même à ces lentes et sûres transformations de l'âme humaine, qui n'ôtent rien à la puissance et à la générosité de l'esprit, dont elles tempèrent seulement les illusions emportées, lorsqu'il disait, dans la préface de la *Vie de saint Dominique* : « Les années passent vite ; quand nous nous retrouverons ensemble dans les camps d'Israël et de la France, il ne sera pas mal pour tous d'avoir un peu vieilli, et la Providence, sans doute, aura fait du chemin de son côté. »

Il eut, en rentrant en France, la joie de retrouver sur le siége archiépiscopal de Paris, dans le savant évêque, dans l'écrivain, dans le théologien remarquable qui avait succédé à M. de Quélen, tous les liens d'une estime et d'une affection anciennes. Le P. Lacordaire n'aurait pu mieux se consoler de la perte de M. de Quélen.

Le 14 février 1841, la robe de laine blanche du Dominicain montait, disons mieux, reparaissait dans la chaire de Notre-Dame. Il n'y parla qu'une fois.

Les impressions produites par ce premier et unique discours du P. Lacordaire furent vives, mais diverses. Cette robe de laine, cette tête rasée, cette couronne monacale, ce scapulaire, cet appareil de pauvreté austère, depuis si longtemps inconnus à nos générations nouvelles, étaient un spectacle capable d'étonner une assemblée curieuse qui n'avait plus l'habitude d'admirer l'éloquence et la vertu sous cette forme. Quelques craintes, quelques passions, quelques velléités du moins de vieux préjugés se réveillèrent.

L'orateur avait choisi un beau sujet. Il parlait de *la patrie*, comme s'il se souvenait encore de cette composition littéraire sur laquelle il avait répandu jadis le parfum de sa première jeunesse. Mais il parlait à la fois aujourd'hui de la double patrie du chrétien, de la patrie céleste et de la patrie de la terre. Il montrait historiquement que, loin de s'embarrasser et de se nuire, ces deux patries s'élevaient, s'honoraient, s'échauffaient, se glorifiaient l'une par l'autre. Il nous enseignait à aimer la France d'un double amour, comme Français et comme chrétiens. Sa main patriotique posait sur le front de la France « les quatre couronnes qui ne se flétriront pas dans l'éternité : l'arianisme défait, le mahométisme défait, le protestantisme défait, un trône assuré au pontificat. »

A l'auditoire haletant, frémissant sous de si glorieux souvenirs, il jetait cette interruption éloquente, qui remua chacun plus que ne le pouvait faire le récit lui-même : « Je suis long, messieurs, mais c'est votre faute : c'est votre histoire que je raconte ; vous me pardonnerez, si je vous ai fait boire jusqu'à la lie ce calice de gloire. »

Mais il attaquait en face, librement, fortement, l'irréligion moqueuse du XVIIIᵉ siècle : « Jusque-là, quand on attaquait la religion, on l'attaquait comme une chose sérieuse ; le XVIIIᵉ siècle l'attaqua par le rire. Le rire passa des philosophes aux gens de cour, des académies dans les salons. Il atteignit les marches du trône ; on le vit sur les lèvres du prêtre ; il prit place au sanctuaire du foyer domestique, entre la mère et les enfants. Et de quoi donc, grand Dieu ! de quoi riaient-ils tous ? Ils riaient de Jésus-Christ et de l'Evangile ! »

Il signalait en même temps tout haut, avec ce courage que le talent donne et qu'il rend plus fort, le bien produit en France par les associations religieuses, dans les missions étrangères, dans l'enseignement des enfants du pauvre, dans l'éducation industrielle des ouvriers, dans les prisons, dans les hospices, dans tous les asiles de la souffrance et de la misère, et faisait voir prophétiquement la résurrection de l'esprit monastique sous toutes les formes, « rapportant à la France le dévouement multiple, la prière, la science, la parole, la contemplation et l'action, l'exemple de la pauvreté volontaire, le bénéfice de la communauté. » Puis il disait : « Et aujourd'hui même, devant cette foule qui m'écoute et qui ne s'en étonne pas, apparaît, sans audace et sans crainte, le froc séculaire de saint Dominique. »

Avec la liberté de sa parole sacerdotale, il résumait ainsi le tableau de nos plus mauvais jours : « La France avait trahi son histoire et sa mission : Dieu pouvait la laisser périr comme tant d'autres peuples déchus par leur faute de leur prédestination ; il ne le voulut point. Il résolut de la sauver par une expiation aussi magnifique que son crime avait été grand. La royauté était avilie : Dieu lui rendit sa majesté, il la releva sur l'échafaud. La noblesse était avilie : Dieu lui rendit sa dignité, il la releva dans l'exil. Le clergé était avili : Dieu lui rendit le respect et l'admiration des peuples, il le releva dans la spoliation, la misère, la mort. La fortune de la France était avilie : Dieu lui rendit la gloire, il la releva sur les champs de bataille. La Papauté avait été abaissée aux yeux des peuples : Dieu lui rendit sa divine auréole, il la releva par la France. Un jour, les portes de cette basilique s'ouvrirent ; un soldat parut sur le seuil, entouré de généraux et suivi de vingt victoires. Où va-t-il ? Il entre, il traverse lentement cette nef, il monte vers le sanctuaire : le voilà devant l'autel. Qu'y vient-il faire, lui, l'enfant d'une génération qui a ri du Christ ? Il vient se prosterner devant le vicaire du Christ, et lui demander de bénir ses mains, afin que le sceptre n'y soit pas trop pesant à côté de l'épée ; il vient courber sa tête militaire devant le vieillard du Vatican, et confesser à tous que la gloire ne suffit pas, sans la religion, pour sacrer un empereur. »

D'aussi sévères vérités, dites dans un tel style, durent émouvoir et partager les esprits.

Il y en eut même qui accusèrent l'orateur d'*avoir mis l'histoire de France en sermons :* beaux esprits plaisants qui s'étonnaient, ou se scandalisaient même, qu'il fût question dans la chaire chrétienne des annales et de la gloire du royaume très-chrétien, et qui ne songent pas même à se montrer surpris que la tribune catholique ait consacré ses plus belles voix, et dans des siècles plus pieux et plus scrupuleux que le nôtre, à raconter, en ses oraisons funèbres, la vie et l'apologie d'un roi, d'un ministre, d'un capitaine, d'une princesse, d'un homme !

Deux jeunes Français avaient seuls, d'abord, prononcé leurs vœux religieux avec le P. Lacordaire. Mais une petite colonie de douze autres jeunes gens l'attendait à Rome, avant d'entrer dans leur noviciat. Il y retourna donc pour les voir et les encourager.

Mais, jusque dans Rome, les lettres de plusieurs évêques français allaient solliciter pour leurs diocèses la parole connue du nouvel enfant de saint Dominique.

A Bordeaux, cité si vive, si spirituelle, si impressionnable, il parle,

pendant tout l'hiver de 1842, avec un pieux triomphe dont la mémoire n'y a pas encore péri.

Dans l'hiver de 1843, il porte la grâce de sa parole à Nancy avec
son éclat habituel, et jette dans cette ville les premiers fondements
de sa communauté humble et naissante.

Quand il échappe à ses travaux oratoires, c'est pour courir à Bosco,
couvent piémontais, voisin d'Alexandrie, dans lequel il pourvoit à l'é-
ducation monastique de plusieurs de ses novices qu'on y a transférés
de Rome.

En 1843, à l'appel de Mgr l'archevêque de Paris, il rentre dans
cette chaire de Notre-Dame qu'il a déjà tant honorée.

Il prêche, en 1844, le carême à Grenoble. On l'entend à Lyon en
1845, à Lyon, si bien nommée la seconde ville de France, et surtout
sa seconde capitale catholique, et il y transporte les esprits à ce point
qu'il n'était plus question dans cette ville si exclusivement industrielle
que du Père Lacordaire et des chemins de fer. A Strasbourg, en 1846,
il se fait admirer et goûter jusque sur la frontière du protestantisme ;
et au moment où nous écrivons, il évangélise la population de Liége.

De tant de discours chrétiens qu'il a répandus dans nos plus belles
provinces, discours non écrits et non recueillis, dont il est resté surtout un profond souvenir aux populations qui les ont entendus, nous
ne pouvons rien dire, nous qui ne pouvons les lire et qui n'avons pu
les entendre ; nous ne pouvons rien dire, sinon que cette parole voya-
geuse compose, à son insu peut-être, et réalise en courant une partie
du livre, du plan écrit, qu'il voulait consacrer à l'*apologie du Catholicisme*. Ces feuillets épars, il les recueille, il les rassemble dans la
chaire de Notre-Dame ; et plus tard, nous en avons l'espoir, il termi-
nera sa carrière d'apostolat en achevant le beau livre dès longtemps
rêvé.

Nous avons à dire encore moins de ces sermons de charité, pla-
cés plus en dehors de ses habitudes et de sa manière, mais que sa
religieuse complaisance partage, chaque année, selon l'occurrence,
entre toutes les bonnes œuvres de la religion, qu'il aime et qu'il fa-
vorise toutes, de quelque forme qu'elles soient revêtues. Soit qu'il
implore l'aumône du riche ou qu'il excite le repentir, soit qu'il adresse
ses allocutions à des confréries d'ouvriers, ou qu'il veuille bien don-

ner de simples et gracieuses paroles à quelque église de village ; soit qu'il parle en passant, tantôt à Dijon, qui est comme sa ville natale, tantôt à Beaune, où demeure l'un de ses plus anciens amis, tantôt dans l'église de Notre-Dame-de-Brou, à Bourg, où l'appelle l'un des plus vieux et des plus respectables évêques de France ; soit qu'il converse, pour ainsi dire, de *plain-pied* avec une assemblée de jeunes gens dans les salons du *cercle catholique* ; partout il doit laisser quelques traces de son talent soudain, original, varié, actif, selon le lieu, le temps, l'occasion, l'heure. Partout il doit laisser après lui quelque chose qui témoigne d'une distinction infinie, alors même que les circonstances conviennent moins à une nature solennelle qui a besoin, pour se retrouver tout entière elle-même, d'un temple et d'un auditoire d'élite.

Mais, dans l'intervalle de ses courses apostoliques, et après avoir évangélisé la capitale du Dauphiné, il résolut de bâtir ou de trouver un nid nouveau à la religion dominicaine au-dessus de ces montagnes où sa voix avait paru si sympathique, et qui conservent, par un heureux et rare mélange, le goût profond des choses religieuses uni à une extrême finesse d'esprit et à une âpreté vigoureuse de sentiments politiques.

C'est à Chalais, à quelques lieues de Grenoble et de la Grande-Chartreuse, et à quelques mille pieds au-dessus du niveau de la mer, que le Père Lacordaire fixa, avec le consentement de Rome et du maître général de l'ordre, sa maison de noviciat.

Chalais est un vieux et inculte bâtiment qui fut consacré, au XII⁰ siècle, en 1110, à une réforme bénédictine, favorisée par les princes du Dauphiné. Depuis cinq cents ans, il appartenait à la Grande-Chartreuse, qui en avait fait une infirmerie pour ses vieillards. Vendu nationalement, comme toutes les autres maisons religieuses de France, en 1791, il est racheté, en 1844, de son dernier possesseur, qui ne savait trop qu'en faire, par les mains d'un simple moine, d'un pauvre Bourguignon, dont le nom et l'habit ne sont encore que tolérés dans sa propre patrie ; et cet humble lieu est désormais destiné peut-être à devenir le foyer d'un mouvement religieux considérable.

Il faut avoir visité cette modeste solitude de Chalais, cachée dans ses hautes montagnes, contre les haines, les jalousies, les am-

bitions de la terre, et contre les mauvais vouloirs des esprits forts
de l'administration civile! Il faut avoir visité cet asile monastique,
à la fois si vieux et si jeune, et que défendent à l'envi la piété et l'intérêt
bien entendu des populations du voisinage! Il faut avoir grimpé, à
travers les grands sapins, les rochers et les sentiers défoncés par
la pluie et les torrents, jusque dans cette retraite escarpée, déjà es-
caladée par la foi des pèlerins ou la curiosité des gens du monde!

Il faut avoir vu les pauvres hôtes de cette maison ressuscitée étudiant, priant, chantant, jeûnant, se promenant comme des frères! Il
faut les avoir vus, le visage aussi serein que l'air de leurs montagnes,
le cœur aussi souriant que les lèvres, passer et repasser dans de
longs et froids corridors, pavés de dalles larges et mal taillées, dans
leurs cours agrestes, dans leur jardin potager sans élégance, dans la
prairie montueuse qui entoure le monastère, dans la grande avenue
ombragée qui mène à la forêt!

Il faut avoir suivi des yeux les *Frères Pérégrinants* se rendant, à
travers les sinuosités d'un petit bois de sapin, seul reste d'un plus
grand domaine, comme à une sorte de pèlerinage quotidien, jusqu'à
une hauteur, surmontée d'une grande croix de bois, espèce de pro-
montoire aérien, au point de vue magique, d'où l'œil plonge à la fois,
en les dominant, dans la double vallée du Drake et de l'Isère!

Il faut avoir aperçu le jeudi, seul jour de grande et générale pro-
menade, tous les Frères ensemble, paraissant et disparaissant, de
loin, dans les détours des forêts et des montagnes, se faisant reconnaître à leurs longs bâtons blancs des Alpes et à leurs robes blanches, et fortifiant ainsi la santé de leur corps pour le repos et l'étude,
dans des courses animées et rapides de six heures!

Il faut aussi avoir remarqué cette habitation religieuse, sans dis-
traction, sans vestige de luxe, sans architecture, où l'œil n'est égayé
que par un beau chien, quelques poules, un petit troupeau de vaches,
un petit champ d'orge ou d'avoine, le bruit de quelques serviteurs et
le service de jeunes frères convers!

Il faut avoir dormi dans ces cellules étroites, blanches et nues, où
ne se trouve nul vestige des commodités ou des coquetteries humaines; où les lits consistent en quelques planches de sapin brut, n'ayant
d'autre duvet que les feuilles séchées du maïs, sur lesquelles repo-

sent les Frères, tout habillés, enveloppés dans leurs couvertures de laine, afin d'être plus sûrement et plus facilement prêts à interrompre leur nuit et leur sommeil, pour aller chanter à la chapelle, chaque jour, à trois heures du matin, les louanges du Seigneur !

Il faut avoir remarqué leur abstinence continuelle de tout aliment gras ou succulent, leur repas frugal dans un réfectoire commun, leurs heures de récréations innocentes comme celles des enfants ! Il faut enfin les avoir entendus, à la chute du jour, chanter le *Salve regina*, avec un accent d'onction, dans leur antique chapelle, seul endroit de leur demeure où un peu d'art humain se laisse apercevoir ! Cette chapelle date de la fondation du monastère ; elle porte tous les caractères de l'âge auquel elle appartient, c'est-à-dire de l'époque de transition du roman au gothique.

Dans les jours d'été où nous y avons passé, il ne s'est presque pas rencontré un seul soir où le bruit de la foudre et la flamme des éclairs ne soient venus ébranler et illuminer les vitraux de la chapelle, et se joindre solennellement à l'effet que produisait sur nous le spectacle de ces jeunes hommes, tantôt debout, tantôt agenouillés, élevant leurs pensées et leurs voix à Dieu, au-dessus des montagnes.

Ce lieu simple et ancien, cette vieille chapelle, nous émouvaient plus fortement, ébranlaient bien autrement nos souvenirs que la vue de ces constructions vastes et régulières comme les tentes d'un camp, que la main du XVIIe siècle a donnés à la Grande-Chartreuse. A la Grande-Chartreuse nous admirions surtout le vieux et triste cimetière monastique, où, pour mieux garder l'humilité et l'égalité chrétiennes, il n'y a que des croix de pierre et des tombeaux sans nom ; nous admirions les anciens et beaux cloîtres gothiques qui ont survécu à la prosaïque médiocrité du goût moderne. A Chalais, tout nous intéressait, dans sa vétusté dépouillée, dans son harmonie de nudité absolue et antique. Il nous semblait qu'il n'y avait pas eu d'interruption de la religion dominicaine du XIIIe au XIXe siècle. Nous ne nous lassions de contempler « ces hommes d'une maturité précoce, ces adolescents en qui la pénitence et la jeunesse faisaient une nuance de beauté inconnue du monde, » se préparant, par un exercice continuel de leur force morale, par une perpétuelle victoire sur eux-mêmes, par une vie de renoncement, de privations, d'études et de contemplations religieuses, à donner au monde des exemples de vertu, d'éloquence et de miséricorde.

C'est dans la même année 1844, le 28 août, que le P. Lacordaire rendit *le dernier devoir de la piété filiale* à Mgr de Forbin-Janson. Il lut cette oraison funèbre.

Ce n'était pas une chose aisée que de louer comme il le méritait l'évêque qui, depuis la révolution de 1830, avait été exilé de son diocèse et de sa ville diocésaine par des passions complexes, mais ardentes ! Et cependant, telle fut l'indépendance prudente, tel fut l'art d'habileté hardie et de ménagements libres que développa l'orateur en cette épineuse conjoncture, qu'il obligea une population tout entière, tout à l'heure ennemie, à admirer la vie et les vertus d'un prélat qu'elle avait elle-même opiniâtrément et systématiquement banni de ses murs !

Avec quelle adroite justice il fit accepter par un auditoire prévenu les opinions honorables, parce qu'elles étaient sincères, de cet évêque qui « eut, dans un siècle plébéien, l'incomparable malheur de naître d'une race historique ! »

Avec quel rare bonheur il s'écriait devant une assemblée populaire : « Ah ! ceux-là sont heureux qui naissent à la mesure de leur temps, patriciens dans un siècle patricien, plébéiens dans un siècle plébéien ! Ceux-là sont heureux, et la moindre justice qu'ils doivent à ceux qui n'ont pas la même fortune, c'est de comprendre combien est dure leur position. L'homme n'est fort que par sa correspondance au mouvement réel de l'humanité, et toutes les fois qu'il reste en dehors de ce mouvement ou qu'il lutte contre lui, il est semblable au passager laissé dans un désert par le vaisseau qui le portait, et dont il suit de l'œil sur les flots l'irréparable fuite. »

Avec quelle haute et évangélique impartialité il mettait en balance les inconvénients et les avantages du principe d'*hérédité*, point essentiel de l'ancien ordre monarchique, et le principe du *mérite* personnel, point culminant de nos constitutions modernes ! Et quelles paroles il trouvait, en s'effaçant lui-même, en cachant, en ne laissant presque pas deviner sa propre pensée, pour imposer à tous le respect du passé : « Il convient à nous, générations présentes, de considérer quelle blessure nous avons faite au passé, et d'admettre au moins qu'il a pu rester à d'autres des souvenirs, des regards, quelque chose qui n'est ni étranger ni ennemi, mais qui seulement n'est pas aussi jeune que nous ! »

Après une telle préparation et un tact si délié, il ne devint plus difficile au panégyriste d'appeler le cœur de ses auditeurs vers la piété d'un digne prêtre qui commence dès sa première jeunesse sa vie d'apostolat par la conversion de son propre père. Les habitants de Nancy pouvaient apprendre désormais les vertus et le zèle de celui qui contribua, sous l'Empire, à jeter les fondements et comme les prémices de la Société de Saint-Vincent de Paul. On pouvait leur dire que « le jeune de Forbin ne se contenait déjà plus dans Paris. Il jetait des yeux avides sur des contrées lointaines où le Christianisme opprimé réclame à toute heure la parole et le sang apostoliques ; il errait en esprit de l'Amérique à la Chine, de la Chine aux bords du Gange et de l'Euphrate ; la main de Dieu l'avait saisi et le promenait, d'aspiration en aspiration, à travers tous les lieux désolés de la terre, pour y choisir un poste où son dévouement ne fût pas à l'étroit. »

En entendant louer la charité prodigue d'un prélat « qui ouvrait sa main avec la joie d'un évêque et la libéralité d'un prince, qui donnait à un pauvre évêque de l'Océanie jusqu'à ses propres vêtements pontificaux, et n'en trouvait plus aucun pour officier lui-même, et à qui sa mère était forcée d'envoyer des chemises deux par deux, de peur qu'il ne les donnât toutes aux pauvres ; » je me figure que les hommes réunis dans la cathédrale de Nancy durent pardonner quelque chose à la mémoire du fondateur de l'*OEuvre de la Sainte-Enfance*, à l'intrépide missionnaire de l'Amérique. Je me figure qu'ils lui pardonnèrent même ses *missions* à travers la France, desquelles l'orateur défendait avec bon goût le zèle, les moyens et la forme populaires, en les faisant remonter du P. Bridaine à saint Vincent de Paul. Je me figure enfin que, lorsqu'ils entendirent que Mgr de Forbin-Janson avait usé sa force et sa santé au service de Dieu, dans le ministère de la parole de Dieu et de la confession, à ce point qu'on le trouva souvent dans sa chambre tombé à terre et endormi par la fatigue ; je me figure qu'ils durent regretter un peu de s'être séparés si violemment et sans retour d'un évêque qui avait un tel cœur.

Ce n'était pas non plus sans une émotion sympathique que Nancy écoutait le P. Lacordaire parler avec une pareille grandeur d'images et un si vif sentiment français, de la prodigieuse chute du phénomène impérial. « Tout à coup, au sein même de la patrie, un cri prodigieux s'élève : le descendant de Cyrus et de César, le maître du monde avait fui devant ses ennemis. Les aigles de l'Empire, ramenées à plein vol des bords sanglants du Dniéper et de la Vistule, se repliaient sur leur terre natale pour la défendre, et s'étonnaient de ne plus ramasser dans leurs serres puissantes que des victoires blessées à mort. Dieu, mais Dieu seul, avait vaincu la France, commandée jusqu'à la fin par le génie, et triomphante encore au quart d'heure même qui signalait sa chute. Je ne dirai point les causes de cette catastrophe. Outre qu'elles ne sont pas de mon sujet, il répugne au fils de la patrie de creuser trop avant dans les douleurs nationales, et il laisse volontiers au temps tout seul le soin d'éclaircir les leçons renfermées par Dieu même au fond des revers. »

Nous arrivons enfin, ou, pour parler mieux, nous revenons, après un long détour, à l'auteur des *Conférences*. Mais nous espérons que nos lecteurs nous auront pardonné ce voyage ; car, si nous ne nous trompons, ils doivent connaître d'avance, et mieux que jamais, la riche et singulière nature de l'orateur de Notre-Dame, cet assemblage de grandeur solennelle et de piquant esprit, de gravité élevée et de bonhomie malicieuse qui compose le P. Lacordaire, et qu'il confessait gaiement lui-même, en se déclarant impropre aux devoirs qu'impose l'administration d'un diocèse ou d'une paroisse : « Qu'est-ce cette administration, ces paperasses, ces visites, ces dîners, cette éternelle représentation ?... Je n'ai jamais été qu'un homme de plume, de parole et d'action, trois choses incompatibles avec la vie du clergé des paroisses telle qu'elle est aujourd'hui, et pour laquelle Dieu a créé des ouvriers... Contentons-nous d'être de bons soldats de la vérité, faisant le coup de feu, mangeant le pain du bivouac, riant dans l'occasion avec nos amis, et n'ayant point à répondre aux allocutions des maires, aux attaques des petits journaux de l'endroit. »

Nous avons maintenant le droit d'être plus bref sur les *Conférences* : d'abord parce qu'elles sont beaucoup mieux connues et lues de tous ; et puis aussi parce que nos paroles précédentes en ont déjà, en grande partie, révélé le caractère et l'originalité.

Il était bien impossible qu'un talent qui a fait tant de bruit, et qui a une individualité si marquée, ne soulevât point un grand nombre de critiques. La renommée profane ou religieuse n'arrive qu'à ce prix.

Si bon chrétien qu'on soit, on n'est pas fâché de médire un peu du prédicateur. Et, pour parler comme le P. Lacordaire, « on vient entendre la parole divine avec un cœur enflé et comme des juges. »

Et si l'on n'est pas chrétien, on est bien plus aisé encore de contester les succès, même les plus incontestables, d'une voix qui rappelle les jeunes générations dans le temple et aux pieds de la chaire chrétienne.

Aussi, je ne sais sous combien de formes de vives objections ont-elles attaqué l'orateur catholique. Les rationalistes, les sectes dissidentes, les sceptiques, les incrédules, les timides, et les prudents eux-mêmes, chacun à son point de vue, ont exprimé des reproches ou des alarmes. Ceux qui épargnaient le fond ont contesté la forme ; ceux qui épargnaient la forme ne faisaient pas grâce au fond.

Rien de ces oppositions diverses ne doit surprendre, et l'on ne peut pas dire même que tout en ait toujours été absolument injuste.

Avant que les années eussent mûri le talent du P. Lacordaire, il y avait dans la nouveauté de sa manière quelque chose d'étrange qui pouvait inquiéter peut-être la circonspection de quelques âmes religieuses, même des plus hautes, mal accoutumées encore à voir la religion s'engager en de pareils chemins.

Ce péril du nouveau était encore augmenté par la faculté d'improvisation, qualité essentielle de la parole du P. Lacordaire, et l'une des conditions principales de sa réussite. Quand l'orateur qui improvise a beaucoup d'imagination et beaucoup d'esprit, il devient impossible qu'il ne lui échappe pas, dans le feu du discours, quelques-unes de ces expressions risquées, de ces rapprochements hasardés, de ces alliances de mots bizarres, qui excitent l'oreille, relèvent l'attention de l'auditoire, piquent vivement la curiosité, mais dont l'inévitable danger, surtout en matière théologique, est de tomber dans la témérité ou l'inexactitude.

Il suffit de quelques-unes de ces paroles mal définies ou peu réfléchies, pour que la malveillance ou l'esprit de routine s'en empare, et en compose une objection opiniâtre, et comme une sorte d'ombre obstinée, pour l'opposer à toutes les plus étincelantes beautés de l'orateur. Les hommes sont ainsi faits, quand il s'agit de mesurer et de réduire une renommée qui grandit.

Or, l'improvisation est la base systématique du mérite oratoire du P. Lacordaire. C'était aussi, comme on le sait, l'idée de Fénelon, qui nous a laissé, pour ainsi dire, un plan géométrique, une carte géographique de ses discours improvisés. Si le mot spirituel d'un illustre prédicateur est déjà vrai, « mon meilleur sermon est celui que je sais le mieux, » combien aura plus de prise sur l'âme des auditeurs un discours soudain, non plus confié à l'hésitante préoccupation d'une fidèle et froide mémoire, mais se laissant aller aux entraînements naturels d'un esprit ému et d'une intelligence colorée.

Il y a eu, il y a encore, surtout dans nos salons français, plusieurs esprits distingués qui se sont fait des réputations magnifiques et méritées par le seul art de la conversation, cette improvisation de la vie élégante et mondaine. D'autres intelligences choisies ont dû une bonne part de leur gloire à la grâce merveilleuse et facile du style épistolaire, cette seconde conversation, que l'on peut nommer une improvisation écrite. Quelle ne devra point être la difficulté, et par conséquent le mérite, d'élever jusqu'à la hauteur de la chaire chrétienne, jusqu'à la grandeur des plus augustes pensées, jusqu'à la sublimité des enseignements divins, tous les prestiges animés de la conversation ou du commerce épistolaire le plus remarquable, et de transporter dans le champ de l'improvisation, en un degré égal, la majesté du sujet et la majesté du style!

Tel est pourtant le type éminent de la faculté oratoire du P. Lacordaire. Non que l'improvisateur le plus consommé n'ait pas besoin encore, en dehors même de ses plus heureux dons naturels, d'étudier et de méditer beaucoup. Conversations, lettres familières, barreau, tribune politique ou chaire chrétienne, on n'improvise, quoi qu'on fasse, que ce que l'on a d'avance dans l'esprit; et ce qu'on a dans l'esprit y est plus ou moins élaboré et rédigé. Un esprit vide ou médiocre sera un triste et stérile improvisateur, parce que la pensée lui manquera.

Mais c'est un bien admirable résultat que d'arriver, par la double combinaison de la nature et de l'art, à devenir assez sûr de sa pensée et de sa parole pour n'avoir pas à prendre le souci de donner d'avance la forme à son idée, et pour acquérir la confiance que, dans une solennelle basilique, au milieu du plus imposant auditoire, dans un ordre de contemplations austères et profondes, les couleurs, les images de la parole ne trahiront point l'impétuosité subite de la pensée.

Le P. Lacordaire a remarqué même, dans le cours de ses épreuves oratoires, que ses meilleures inspirations lui sont souvent arrivées dans les parties précisément les moins méditées, les moins préparées de son discours, et que, plusieurs fois, au contraire, il a manqué tout effet oratoire dans les endroits qui, volontairement ou involontairement, se trouvaient le mieux arrêtés, le plus écrits dans sa tête.

Il va sans dire que l'entraînement de cette parole qui secoue l'auditoire, mais que l'émotion de l'auditoire agite et emporte à son tour, est sujet à des inconvénients inévitables, à de périlleuses audaces, à des longueurs, à des incorrections, à des écarts. Il n'est pas rare que l'esprit de l'orateur, tandis qu'il parle, et par les liens mystérieux de la parole elle-même, soit traversé tout à coup par une pensée inattendue, et qu'il s'arrache à la suite préméditée de ses idées et de son discours, pour suivre au vol cette pensée soudaine, à peu près comme l'œil suit involontairement l'oiseau qui voltige dans la grande nef d'une cathédrale.

Lorsque les *Conférences* se lisent imprimées, les longueurs, les digressions, les expressions incorrectes ou inexactes, ont disparu en grande partie ; mais aussi la flamme, la vie, la couleur, la soudaineté et toute l'action et tout l'accent de l'orateur, ont disparu en même temps. C'est la fleur séchée dans un herbier : les contours et les formes demeurent, le parfum et la couleur se sont bien envolés.

Et cependant il est peu d'improvisateurs dont la parole puisse laisser de plus magnifiques traces écrites que la parole du P. Lacordaire. Car, nous l'avons remarqué en commençant, chez lui le grand improvisateur couvre le grand écrivain, en sorte que, si l'on n'a plus affaire au premier, on trouve encore le second. Double et rare privilége sur cette terre, où l'une de ces deux facultés, même isolée, est déjà le plus excellent présent du Ciel ! Le P. Lacordaire sort victorieux des deux épreuves. On peut le lire avec charme, après l'avoir entendu avec étonnement et émotion. Ce n'est plus le même plaisir de l'esprit, mais c'en est encore un très-grand.

Je ne doute pas que ce qui survit dans ses livres de la magnificence de l'improvisateur ne tienne beaucoup aussi à une autre cause que nous avons plus d'une fois indiquée. La suite des *Conférences* est, selon nous, le développement de cette pensée générale de l'*apologie du Catholicisme,* que le P. Lacordaire porte depuis si longtemps dans son intelligence, dans ses contemplations, dans ses études, dans toute sa vie.

Les *Conférences* ne sont pour nous qu'une des formes, qu'un des fragments éloquents de cette défense du Christianisme à laquelle le P. Lacordaire a voué son cœur de prêtre et son avenir. Il n'est donc pas étonnant qu'on les lise avec ce plaisir littéraire que causent de belles pages détachées d'un beau livre.

Cela seul répond assez aux critiques mal avisés qui reprochaient, il y a plusieurs années, au P. Lacordaire de ne parler ni des dogmes, ni des prophéties, ni des mystères, et de s'appesantir uniquement sur la partie *sociale* du Christianisme.

Si l'orateur sacré n'eût déjà commencé, cette année même, à réfuter éloquemment ce reproche dans ses belles conférences sur Jésus-Christ, aurions-nous donc besoin de faire remarquer que des conférences peu nombreuses, nées en 1835 et 1836, et interrompues pendant sept années, jusqu'en 1843, n'ont pu aborder encore tous les points de la controverse catholique, et qu'il faut avoir la patience de laisser à l'œuvre entière le temps nécessaire pour se compléter?

Nous avons entendu d'autres juges non moins prévenus objecter, comme une chose grave, que le P. Lacordaire ait traité DE L'EGLISE dans la première partie de ses conférences. Tel n'est point, selon eux, l'ordre logique de la controverse chrétienne. On pourrait peut-être se contenter de dire, comme le remarque quelque part le P. Lacordaire lui-même, que si la divinité de Jésus-Christ prouve l'institution divine de l'Eglise, l'institution divine de l'Eglise prouve aussi la divinité de Jésus-Christ, et qu'ainsi, ces deux grands faits se prouvant indivisiblement l'un par l'autre, il est libre à l'esprit humain, selon son point de vue, de les examiner à part et dans l'ordre qui lui paraît le plus convenable. Mais le choix du P. Lacordaire pourrait encore se justifier par une plus haute autorité, et il lui serait permis de se tromper sur les traces de saint Augustin, lequel a dit : « Je ne croirais pas à l'Evangile si je n'y étais déterminé par l'autorité de l'Eglise [1]. »

Quelques-uns, dont le sentiment est plus respectable, ne peuvent aisément pardonner au P. Lacordaire de parler dans la chaire chrétienne autrement que ne parlaient Bourdaloue, Bossuet, Massillon. Le rationalisme universitaire lui-même, qui s'est rallié ouvertement, dans ces dernières années, aux traditions classiques et littéraires du XVIIe siècle, jette, comme une accusation formidable, à notre grand improvisateur catholique, non pas seulement les noms, mais des citations entières et de longs fragments de nos plus illustres sermonaires.

Mais ne voyez-vous pas que si le P. Lacordaire eût suivi l'allure, la méthode, la forme, les divisions, si majestueuses qu'elles soient, de nos anciens et glorieux prédicateurs, ses adversaires le traiteraient comme un imitateur et un plagiaire? Disons mieux, si le P. Lacordaire se fût contenté de ressembler à d'autres, il aurait peut-être moins de défauts, mais à coup sûr il aurait moins de qualités et surtout moins de juste renommée. Il en serait de lui comme de la plupart des travaux, d'ailleurs méritoires, des sermonaires du dernier siècle et de celui-ci, lesquels sont oubliés pour avoir voulu faire ce qui était fait et supérieurement fait avant eux.

A chaque âge de l'Eglise ses besoins nouveaux, et par conséquent ses nouveautés nécessaires. Les doctrines de l'Eglise ne changent pas, mais elles se développent. C'est ce qu'exprimait très-bien l'illustre Vincent de Lérins. « N'y aura-t-il donc aucun progrès d'intelligence dans l'Eglise du Christ? Il y en aura un très-évident et très-grand, mais cependant de telle manière que ce soit vraiment un progrès de la foi et non pas un changement de la foi [2]. » « L'ordre

---

[1] Evangelio non crederem, nisi me Ecclesiæ commoveret auctoritas. (Contrà Episc. Manich, c. 5. T. VIII, p. 154.)

[2] Nullus ne ergò in ecclesiâ Christi profectus habebitur intelligentiæ?

des âmes, dit le même docteur, doit imiter l'ordre des corps, lesquels, bien qu'ils accomplissent dans la succession des années les phases diverses de leurs évolutions et de leurs développements, n'en conservent pas moins leur identité primitive et permanente [1]. »

Le P. Lacordaire s'est emparé de cette pensée, quand il s'exprime ainsi, dans le *Mémoire pour le rétablissement des Frères-Prêcheurs :* « Il en est de l'Eglise et des ordres religieux comme de tous les corps vivants, qui conservent une immuable identité, tout en subissant, par le progrès même de la vie , un mouvement qui les renouvelle sans cesse. »

Ce mouvement de développement est plus visible encore dans toute la littérature des Pères de l'Eglise. On sait que ces illustres monuments de la controverse chrétienne sont nés successivement, et à leur heure, et comme provoqués progressivement par l'évolution des hérésies : on sait qu'ils jugèrent nécessaire de combattre et de vaincre avec toutes les ressources littéraires, toute la science, toutes les habitudes, tous les goûts, de forme, de style, de discussion propres à chaque siècle. De saint Justin à saint Bernard, c'est le même phéncmène moral.

Et pour prendre un exemple plus prochain, à côté de nous, lorsque, au commencement de ce siècle, après tant d'années de scepticisme matériel, M. Frayssinous monta en chaire, il crut devoir commencer par établir l'existence de Dieu et l'immortalité de l'âme. Qui s'en étonna ? S'il eût parlé dans une époque spiritualiste, on lui eût crié qu'il prenait un soin fort inutile en prouvant ce que tout le monde croyait. Mais il parlait précisément dans un moment où il était devenu nécessaire de rétablir dans les intelligences les premiers éléments du spiritualisme, de recommencer, si j'ose le dire, l'histoire de l'esprit, et l'on trouva que les démonstrations du controversiste venaient à leur place.

A ce beau mouvement des Pères de l'Eglise, si merveilleusement

Habebitur planè et maximus, sed ità tamen ut verè profectus sit ille fidei, non permutatio. (Commonit., c. 29.)

[1] Imitetur animarum ratio rationem corporum, quæ, licet annorum processu numeros suos evolvant et explicent, eadem tamen, quæ erant, permanent. (*Ibid.*)

versés à la fois dans la science de Dieu et dans les lettres humaines, répondit la voix des conciles, dans la suite des siècles. En sorte que, bien loin de blâmer l'orateur chrétien qui place hardiment sa tente au milieu des nouveautés de son temps, il faut, au contraire, reconnaître en ceci le signe de sa mission particulière.

Or, quelles sont, à vrai dire, les deux grandes hérésies de notre âge, sinon l'indifférence et le doute? Et quel meilleur parti le P. Lacordaire pouvait-il prendre, sinon de ramener les jeunes esprits à l'amour des choses chrétiennes par l'admiration des choses chrétiennes ?

De même que, dans les premières années du XIXe siècle, M. de Chateaubriand a réveillé avec un rare à-propos les instincts religieux cachés au fond de beaucoup d'âmes choisies, en révélant les beautés littéraires de la religion chrétienne ; de même aujourd'hui le P. Lacordaire va chercher l'étincelle divine dans les jeunes cœurs en déroulant devant eux avec une splendeur infinie les merveilles morales et sociales du Catholicisme.

Nous vivons à une époque où l'on se préoccupe principalement de ce qu'on appelle les questions politiques et sociales. Les sophistes et les révolutionnaires surtout ont depuis longtemps jeté dans l'opinion le plus insensé, mais le plus rusé des paradoxes, à savoir : que la religion catholique est l'ennemie de la science, de la liberté des peuples. C'est cette grande hérésie moderne que le P. Lacordaire a résolu d'attaquer de front et de combattre dans toutes les sinuosités de ses malices. Il a poursuivi à outrance « l'ancien serpent de la perdition, qui change de couleur au soleil de chaque siècle. » Pour vaincre de nouvelles erreurs, il a trouvé des ressources nouvelles. Et certes il aura beaucoup fait pour le réveil de la foi, s'il prouve à son auditoire attentif, mais souvent prévenu, que cette foi sympathise naturellement avec tout ce qu'il y a de plus grand, de plus beau, de plus libre sur la terre.

On se souvient que l'esprit du P. Lacordaire fut d'abord touché de l'évidence *sociale et historique* du Christianisme ; et c'est aussi par ce côté qu'il aime principalement à le faire pénétrer dans les intelligences qui l'écoutent.

Personne n'était mieux fait que lui pour remplir un tel rôle. Né en même temps que nous, élevé comme nous et avec nous, il a connu nos doutes, nos vanités, nos défaillances. Il a lu tous nos livres ; il sait par cœur nos poëtes préférés ; il s'est nourri de nos souvenirs classiques. « Etant en unisson avec un siècle dont il a tout aimé, il n'a eu, comme il le dit, besoin que d'un peu de mémoire et d'oreille pour parler comme il l'a fait. »

Les chemins qu'il a parcourus pour revenir à la foi, la lumière qui l'a éclairé, les émotions qui l'ont touché, il les enseigne à ses auditeurs. Il lui a suffi de se souvenir de lui-même pour « parler des choses divines dans une langue qui allât au cœur et à la situation des contemporains. »

Ce qu'il a voulu plus que tout le reste, c'est que sa parole « n'appartînt précisément ni à l'enseignement dogmatique, ni à la controverse pure, mais qu'elle fût un mélange de l'un et de l'autre. » Il a désiré que cette parole fût une espèce de *théologie populaire,* destinée principalement à la partie de la jeunesse éclairée, libérale et studieuse, par qui se forment les croyances d'une nation.

Il a voulu encore que cette parole, qu'il nomme « singulière, moitié religieuse, moitié philosophique, fût une parole amie, qui prépare les âmes à la foi, qui supplie plus qu'elle ne commande, qui épargne plus qu'elle ne frappe, qui entr'ouvre l'horizon plus qu'elle ne le déchire, qui traite enfin avec l'intelligence et lui ménage la lumière, comme on ménage la vie à un être malade et tendrement aimé. »

Dans une telle bouche, en vérité, le Christianisme est si grand, et la parole de Dieu semble si aimable et si spirituelle, qu'il faut avoir bien peu de cœur et d'esprit pour ne pas se sentir disposé soi-même à les aimer.

Alors même que le P. Lacordaire n'aurait rendu à la religion d'autre service que de faire entourer les colonnes de nos églises par la jeunesse, cette fleur du monde, et de lui apprendre la sublimité du langage religieux qu'ailleurs on lui fait trop oublier, ce serait déjà la plus belle récompense de sa mission apostolique. Et, pour notre compte, nous n'avons guère la force de lui reprocher, comme une tache, quelques excursions sur le territoire mondain, quelques citations profanes, quelques vers français étonnés de s'entendre réciter dans une chaire catholique ; car ces imperfections elles-mêmes font partie peut-être du talent et de l'originalité de l'orateur ; car elles attirent et captivent cet auditoire jeune, auquel elles rappellent les plus doux souvenirs du collége. Il n'y a pas jusqu'à ces bouffées d'humeur ironique, d'esprit familier, de simplicité amicale, mélangés avec autant de naturel que d'art dans la pompe habituelle du discours le plus élevé, qui ne deviennent piquantes par le contraste même, et ne commandent et n'inspirent la confiance en délassant agréablement la tension des esprits.

Quand on pourrait justement reprocher au langage du P. Lacordaire le retour de quelques métaphores un peu vieillies, quelques expressions peut-être un peu trop voisines du discours vulgaire, quelques originalités bizarres, imperfections légères et inévitables, mais souvent volontaires, de l'improvisateur ; cela ne diminuerait en rien la supériorité d'un esprit aussi varié, aussi fertile, aussi souple.

Il y en a qui, ne pouvant nier les admirables effets produits par la voix du Frère-Prêcheur, se délivrent de la nécessité de le louer en lui jetant l'épithète de *romantique*. Or, je ne sache pas, bien qu'un homme d'esprit s'en soit rendu coupable, qu'il y ait jamais eu un pareil abus de la critique. D'abord, il n'y a pas de reproche moins loyal qu'un reproche général et vague renfermé dans un mot non encore défini. Bien plus, je ne trouve pas qu'il y ait d'écrivain du jour qui appartienne moins à l'école romantique, quelque sens qu'on veuille donner à cette école.

On dirait en effet que l'illustre Dominicain, en quittant le siècle en 1824, se soit mis en même temps à l'abri de l'invasion de cette nouvelle littérature qui prétendait à la domination. Il est demeuré classique de goût et de théorie, à ce point que, au milieu des admirations juvéniles qui saluaient avec enthousiasme l'apparition de Lamartine lui-même, il admirait les *Méditations poétiques* avec beaucoup de restriction. Il toucherait plutôt encore à l'époque impériale par l'emploi de certaines formes un peu passées ; et l'on ne voit nulle part qu'il affuble sa belle langue du bagage des novateurs littéraires exotiques ou indigènes.

Essentiellement classique dans la forme, il est simple dans l'expression, même alors qu'il a l'air étrange et singulier ; et c'est un attrait de plus dans son style. Je ne connais personne aujourd'hui qui saché mieux que lui, quand il le veut, se dépouiller de toute fausse couleur; et j'admire à quel point il sait être simple, non pas de cette simplicité propre au XVIIe siècle, mais autant qu'un homme d'esprit puisse rester simple dans ce siècle raffiné.

Je ne connais aucun écrivain moderne dont la phrase soit plus sobre et moins verbeuse, et le tour moins recherché. *S'il a l'horreur des lieux communs,* pour le citer lui-même, il n'a guère moins l'horreur de l'épithète parasite. L'on a pu le comparer quelquefois justement à Bossuet, qui produit de grands effets avec des mots fort simples. Ce qui paraîtrait peut-être reprochable dans la manière de l'auteur des *Conférences*, ce serait plutôt je ne sais quelle subtilité psychologique, qui aiguise l'esprit sans le fausser, mais qui donne à l'orateur une certaine apparence paradoxale, même alors qu'il a le plus raison. Je ne serais pas étonné qu'il eût puisé ou du moins nourri ce penchant au subtil dans l'étude de quelques Pères, et particulièrement dans son goût pour saint Augustin. Bossuet procède tout autrement : il a l'air solide, même quand il a tort.

Cette teinte de subtilité ajoute encore quelque chose à l'originalité du P. Lacordaire; mais elle lui donne aussi je ne sais quel caractère individuel, relatif, exceptionnel, qui, pour être trop de ce temps-ci, et pour trop plaire et trop convenir aux contemporains, risque d'avoir une prise moins universelle sur la postérité.

Aussi ne pouvons-nous guère nous expliquer comment un homme de critique sérieuse et intelligente a pu précisément méconnaître ce qui distingue le plus particulièrement le P. Lacordaire, je veux dire les profonds rapports qui l'unissent à son siècle et à son auditoire. Accuser le grand prédicateur de ne point connaître son temps et la jeunesse française du XIXe siècle, c'est précisément le contre-pied de la vérité. Quoi! il n'est resté sur les lèvres de nos jeunes gens aucun pli du rire voltairien! Notre siècle n'a plus que des inclinations graves et religieuses! Il a vraiment des *croyances* ! L'écorce de réaction spiritualiste, qui trompe quelques observateurs indulgents ou superficiels, ne recouvre pas encore un fonds pernicieux et redoutable d'incrédulité railleuse et d'impiété passive! Oh! que le prédicateur de Notre-Dame a bien raison de saisir corps à corps ce double péril de notre patrie chrétienne!

Quelques-uns, ayant trop de goût pour demeurer insensibles à l'éminence littéraire de l'orateur, mais n'ayant ni assez de foi, ni assez de justice pour applaudir à la mission catholique d'un moine éloquent, se contentent de le nommer *un poëte qui chante;* affectant ainsi de contenter à la fois leur conscience littéraire et leurs prétentions d'esprits forts, en louant le P. Lacordaire quant à la forme, et en le traitant au fond sous toutes réserves et comme un homme-sans conséquence.

Mais ils ne prennent pas garde que leur éloge, même restreint, est le plus bel hommage qu'ils puissent adresser au mérite du P. Lacordaire. Un poëte qui chante! Mais Bossuet aussi était poëte quand il écrivait ses oraisons funèbres, son Discours sur l'histoire universelle et ses beaux sermons; Corneille était poëte quand il arrivait au sublime par le sentiment de l'admiration; Racine était poëte quand il était pathétiquement passionné; Pascal était poëte quand il creusait dans la misère de l'homme! En vérité, je ne connais pas de plus grande louange à dire d'un homme que de dire qu'il est POETE.

Des écrivains politiques, dynastiques ou non dynastiques, ensevelis dans leurs préjugés irréligieux, se sont effrayés d'une robe monastique. Ils ont redouté dans l'orateur sacré le tribun catholique, la pente démocratique de l'esprit du P. Lacordaire; et craignant sur les sentiments populaires l'effet puissant d'une langue libre et chrétienne, ils ont voulu le déraciner et le calomnier en le nommant un *nouveau Savonarole.* Ils ont cru l'attaquer ainsi; ils l'ont encore loué en effet.

Peut-être ignoraient-ils que le fameux Savonarole ne fut pas seulement un grand orateur chrétien et populaire, mais qu'il fut aussi un controversiste admirable, un philosophe habile, un publiciste éminent. Peut-être ignoraient-ils que ce grand politique, l'ennemi et le réformateur de la corruption de son temps, l'ami de Michel-Ange et de la plupart des hommes illustres de l'Italie du XVe siècle, avait donné à Florence une constitution fort remarquable dans laquelle l'élément populaire et l'élément aristocratique étaient pondérés et ménagés avec autant de modération que de sagesse; et que, s'il mourut enfin, victime calomniée des dissensions civiles, son supplice fut un supplice tout politique, effet trop ordinaire de l'aveuglement et des passions des partis, illustre et triste holocauste offert à l'élévation croissante des Médicis, et à la prédominance monarchique qui allait étouffer, à la fin du XVe siècle, les libertés orageuses des républiques italiennes.

Plusieurs, ne pouvant nier les succès manifestes du P. Lacordaire, ni l'éclat de sa parole, l'ont accusé de se plaire à des discours vides de doctrine et d'érudition, qui profitent plus à la renommée de l'orateur qu'à l'instruction de l'auditoire. Dans leur impatience à supporter ce talent nouveau qui remue et séduit, qui éblouit et attire, ils ont prétendu le réduire aux modestes proportions d'un vicaire de paroisse, le renvoyer à son village, et le condamner à faire seulement ce bien secret et obscur, si méritoire assurément, mais dont personne ne parle.

C'est le procédé ordinaire des hommes qui craignent que les affaires de la religion n'avancent. Ils sacrifient volontiers le Pape aux évêques, les évêques à leur clergé, le clergé des villes au clergé des campagnes, attaquant toujours les sommets et les illustrations de la hiérarchie, parce qu'ils savent que c'est par en-haut que la religion marche, que le mouvement se donne, et que les choses importantes se font. De même ils se montrent fort généreux à mettre la puissance et le but moral d'un célèbre prédicateur au-dessous des sacrifices ignorés du moindre succursaliste.

Mais, s'il leur plaît de méconnaître la grandeur de l'apostolat chrétien, représenté par ses hommes les plus éloquents, ne devraient-ils pas savoir au moins que l'éloquence de la chaire, comme toute autre éloquence, ne pourrait se satisfaire de dissertations doctrinales froides et savantes, qu'une longue érudition n'y serait pas de mise, et n'aurait aucune prise sur l'attention et sur l'esprit d'un auditoire ; que cet auditoire ne peut écouter longtemps, ni l'orateur parler, sans mesure, et que celui-ci est forcé, s'il veut remuer les consciences et les esprits, de choisir les sommités les plus saisissantes de son sujet sans pouvoir trop s'y appesantir, de se contenter de jeter dans les intelligences quelques vérités plus éclatantes qui portent coup à l'âme, la disposent à réfléchir et à croire, quelques éclairs de pensée qui puissent ouvrir une large issue à des clartés nouvelles ? L'orateur ne va point du même pas qu'un livre. On ne parle pas aux hommes assemblés comme un auteur qui compose à loisir un livre destiné à être lu dans un recueillement solitaire.

Mais ce que les rationalistes pardonnent le moins au célèbre Dominicain, ce qu'ils lui reprochent avec le plus d'insistance, c'est d'humilier la raison humaine et la dignité de l'homme, en déclarant l'esprit de l'homme, réduit à ses propres forces, impuissant à s'élever jusqu'aux vérités éternelles. Ils voudraient que le P. Lacordaire consentît à ne voir dans le Christianisme qu'*un admirable progrès arrivant en son temps*; sans doute pour être suivi d'autres progrès encore; *un magnifique anneau venant s'ajouter à la grande chaîne,* dont le Christianisme ne serait pas la fin. Quoi donc? est-ce la faute du P. Lacordaire s'il y a entre la raison de l'homme et l'infini un abîme que la révélation divine peut seule combler? Est-ce la faute du P. Lacordaire si l'homme est un être social et nécessairement enseigné à qui il faut que Dieu ait parlé? Quand le moine éloquent prouve que, même en dehors des vérités religieuses, l'homme est encore nécessairement subjugué par la foi, n'a-t-il pas le droit de conclure que, dans les choses divines, l'âme est obligée de se soumettre humblement à la parole de Dieu?

Vous l'accusez avec passion de n'être qu'*un livre posthume de M. de Maistre…, pas une idée de plus,* et le *style de moins.* Mais, sans avoir besoin de prendre ici la défense de ce grand esprit absolu, qui a souvent trouvé, avec un rare bonheur, de grandes idées justes qu'il savait exprimer avec la plus énergique fermeté, ne voyez-vous point que si, dans votre impatience systématique, vous n'êtes point contents du langage que tient le P. Lacordaire à la raison, qu'il nomme *la sœur de la foi, l'une des deux formes de l'intelligence humaine,* vous niez par là même toute religion, toute communication de Dieu avec l'âme de l'homme? Ne voyez-vous pas que vos critiques s'enveloppent, à votre insu même, dans l'interminable réseau rationaliste du progrès indéfini, livré tout entier aux seules forces de l'homme? Ne voyez-vous pas qu'il faudrait, pour qu'il vous satisfît, que le P. Lacordaire ne se dépouillât pas seulement de sa robe de moine, de sa robe de prêtre, mais qu'il rejetât encore sa conscience de chrétien?

Y a-t-il, je le demande, beaucoup d'orateurs chrétiens qui aient fait une part plus magnifique au domaine de la raison, qui l'aient trai-

tée avec plus d'amitié, je devrais dire avec plus de caresses? Mais
ne serait-ce pas trahir à la fois la cause de la vérité et celle de la religion que de ne pas montrer les inflexibles limites posées par Dieu
devant la raison de l'homme, et de n'en pas confondre l'insuffisance
radicale, en même temps qu'on en célèbre les glorieux priviléges?
Pascal, ce fier génie qu'il est encore de mode de louer parmi vous,
parce qu'il a écrit un pamphlet éloquent contre les Jésuites, Pascal,
en creusant à la fois au fond de la misère et de la grandeur de l'homme,
en parle-t-il autrement que le P. Lacordaire? Que ne vous en prenez-
vous donc à Pascal? Que ne vous en prenez-vous aux philosophes,
aux docteurs, aux penseurs, aux chrétiens de tous les âges?

Nous ne comprenons pas davantage un autre reproche qui con-
tredit directement le reproche que lui font d'autres adversaires. Tandis que, d'un côté, on jette au P. Lacordaire, comme une grosse in-
jure, le nom de *nouveau Savonarole,* on l'accuse, d'un autre côté,
d'avoir trahi, depuis son premier voyage de Rome, les généreuses
et libres idées de sa jeunesse sacerdotale. Mais d'où vient donc que,
dans la chapelle du collége Stanislas, et même dans la chaire de
Notre-Dame, l'autorité s'est plus d'une fois effarouchée de certaines
hardiesses de l'orateur chrétien? D'où vient que la jeunesse s'obstine
à reconnaître dans l'humble moine de Chalais le représentant indé-
pendant et sincère de la véritable liberté chrétienne?

Pour nous, certes, loin de l'en blâmer, nous félicitons, au contraire, le P. Lacordaire d'avoir de plus en plus dépouillé le vieil
homme, comme un enfant obéissant de l'Eglise, et de s'être fait
toujours davantage l'homme de l'éternité plutôt que l'homme du
temps.

Nous nous réjouissons que la maturité des années, en confirmant
la plénitude de son talent, ait aussi complété la modération et la
justesse de ses idées les plus généreuses. Il y a longtemps que nous
savons avec quelle sincérité réfléchie il sait modifier dans son esprit
l'opinion qu'il a soutenue autrefois avec le plus de verve et d'entraînement, et avec quelle bonne foi il mûrit dans sa tête et laisse éclore
à son heure et dans toute sa force l'objection grave qu'il avait d'a-
bord repoussée.

Mais, alors même que le progrès des ans, l'expérience de la vie, la méditation et l'étude, ont rendu son esprit plus sûr et plus fort, et donné plus de calme et de sagesse à ses instincts populaires, le sentiment des jeunes générations ne s'y trompera pas. Dans ce chrétien, devenu meilleur encore à mesure qu'il s'est séparé des passions du jour, on aperçoit toujours aisément un noble cœur qui aime sa patrie et la liberté; et toutes les fois qu'il prononce ces deux noms, on sent toujours *quelque chose qui bat sous sa mamelle gauche,* pour emprunter le mot d'un philosophe du XVIIIe siècle.

Ce dévouement profond aux lois et aux libertés de son pays n'empêche pas le P. Lacordaire de se rappeler ces paroles de saint Augustin, qui conviennent merveilleusement aux chrétiens de tous les temps, et qu'il est bon de remettre sous les yeux des incrédules de ce siècle : « L'Eglise catholique s'adresse à tous les peuples, forme de toutes les nations une société qui vit sous les lois les plus diverses, avec les usages les plus opposés, qui n'y change rien, n'en détruit rien, pourvu que ces usages ne gênent point la religion. Elle enseigne qu'il faut craindre le Dieu suprême et en même temps honorer les rois de la terre. »

Si nous avons reproduit, pour en faire justice, les attaques les plus générales dirigées contre la pensée ou le style du P. Lacordaire, c'est qu'elles sont une partie véritable de sa biographie; c'est qu'elles attestent et consacrent encore son talent et sa réputation, même quand elles les contestent le plus. Car un poëte a dit ce vers qui restera proverbial :

Et beaucoup d'ennemis prouvent beaucoup de gloire.

Que si, maintenant, nous voulions indiquer sommairement nos préférences personnelles dans les quarante-quatre conférences publiées jusqu'à ce jour, il n'en est pas une seule dont nous ne pussions citer, si elles n'étaient pas trop connues, de belles pensées, de belles pages. Il n'en est pas une seule dont nous ne pussions montrer l'enchaînement et la force dans le plan général du prédicateur. Mais il nous semble prématuré de discuter des vues d'ensemble dans un vaste sujet dont les parties diverses ne sont pas toutes écloses et sont encore en germe dans l'esprit de l'orateur.

Plusieurs blâment le P. Lacordaire d'être de son siècle et de lui plaire par cela même. Pour nous, nous sommes fort tenté de croire que l'orateur et l'écrivain qui ne sont pas de leur siècle ne seront jamais d'aucun siècle. Il faut vivre, penser, parler et écrire avec son temps, avec les défauts et les qualités de son temps, ou se résoudre à n'être d'aucun temps ; car on ne peut point remonter à ce qui a fait les siècles précédents, et l'on ne saurait s'adresser à ses contemporains comme on le ferait à la postérité. Je sais bien que le talent du P. Lacordaire n'est pas, ne peut pas être de la pureté austère, de la simplicité chaste des grands écrivains du XVIIᵉ siècle, lesquels en représentent si bien l'idée et la majesté chrétiennes. On ne les oppose, on ne les compare au P. Lacordaire que pour l'amoindrir ; car on sait bien qu'il ne peut les recommencer, et que, s'il les recommençait, il serait peu écouté, peu lu et bien vite oublié. Je préfère donc, tout en lui conseillant de surveiller avec soin les défauts de sa manière, que le P. Lacordaire garde son cachet, son type spécial. Il est bon que, dans l'avenir, à sa solennité épigrammatique, à ses fantaisies d'imagination, à son parti pris de développer à la tribune religieuse le côté politique et social de la religion, à ces lueurs de génie traversées par quelques ombres, à cette langue encore nouvelle que les prêtres n'ont pas assez parlée, à cette parole mélangée de la vie du monde et de la vie du cloître, on reconnaisse sûrement la voix d'un moine français d'un siècle tout politique, du XIXᵉ siècle.

Mais à quoi bon répondre à ces critiques? Le P. Lacordaire n'y répond-il pas lui-même avec le plus éloquent à-propos ; et ne sait-il pas honorer encore son siècle en le gourmandant, lorsque, dans l'élan de ses espérances chrétiennes, il proclame et salue ainsi les merveilles de l'industrie, les conquêtes nouvelles de l'homme sur la matière, desquelles nous nous enorgueillissons si fort : « Abrégez l'espace, diminuez les mers, tirez de la nature ses derniers secrets, afin qu'un jour la vérité ne soit plus arrêtée par les fleuves et les monts.... Qu'ils seront beaux alors les pieds de ceux qui évangéliseront la paix ! Des apôtres vous loueront ; ils diront, en passant avec le vol de l'aigle : Que nos pères étaient puissants et hardis ! Que leur génie était fécond ! Qu'ils soient bénis ceux qui ont assisté l'esprit de Dieu par le leur ! »

Où trouverez-vous ailleurs une peinture plus effrayante et plus belle, une satire plus haute de l'état des esprits, des mœurs et de l'opinion à la fin du XVIII⁰ siècle? Et comment choisir parmi tant d'admirables traits ? « Que fait cependant l'Eglise? L'Eglise semble pâlir. Bossuet ne rend plus d'oracles ; Fénelon dort dans sa mémoire harmonieuse ; Pascal a brisé au tombeau sa plume géométrique ; Bourdaloue ne parle plus en présence des rois ; Massillon a jeté aux vents du siècle les derniers sons de l'éloquence chrétienne. Espagne , Italie, France, partout le monde catholique, j'écoute : aucune voix puissante ne répond aux gémissements du Christ outragé. Ses ennemis grandissent chaque jour ; les trônes se mêlent à leurs conspirations. Catherine II, du milieu des steppes de la Crimée, au sortir d'une conquête sur la mer ou sur la solitude, écrit des billets tendres à ces heureux génies du moment ; Frédéric II leur donne une poignée de main entre deux victoires ; Joseph II vient les visiter et dépose la majesté du Saint empire romain au seuil de leurs académies. Qu'en dites-vous? Que dites-vous du silence de Dieu ? »

Quelle ironique et rapide préparation au tableau des corruptions royales, de la licence et des crimes révolutionnaires, des saturnales de la raison pure, jusqu'à ce qu'on en soit enfin venu à présenter à l'adoration des peuples, pour citer encore l'une des hardiesses de style du P. Lacordaire, *le marbre vivant d'une chair publique!*

Soit que, dans ses premières conférences, l'orateur rajeunisse, par des pensées neuves et par des expressions plus neuves encore, la démonstration de la nécessité d'une église enseignante ; soit qu'il raconte la constitution hiérarchique de l'Eglise, son autorité morale et infaillible, l'établissement de la papauté ; soit qu'il montre le caractère tout spirituel, tout *pénitentiaire* de la puissance coërcitive de l'Eglise, et qu'il rende manifeste la mansuétude miséricordieuse de ses préceptes, en la séparant de l'élément politique et civil qui trop souvent altéra l'essence de la doctrine chrétienne : partout il sème à pleines mains les vues fines, les rapprochements historiques ingénieux, les considérations sociales de la plus séduisante élévation. On sent toujours que, dans les choses religieuses, il affectionne le côté par où elles touchent à l'organisation des sociétés humaines, aux plus capitales questions de la philosophie et de l'histoire.

Et personne n'a pu oublier avec quel frémissement de voix, avec

quel éclair de l'œil, avec quelle fierté radieuse de cœur dont rien ne
peut reproduire l'effet, il s'écriait un jour en parlant des rapports de
l'Eglise avec l'autorité temporelle : « Nous ne tenons pas notre liberté des Césars; nous la tenons de Dieu, et nous la garderons parce
qu'elle vient de lui. Les princes pourront bien se réunir pour combattre les prérogatives de l'Eglise, les charger de noms flétrissants
afin de les rendre odieuses, dire que c'est une puissance exorbitante
qui perd les Etats : nous les laisserons dire, et nous continuerons à
prêcher la vérité, à remettre les péchés, à combattre les vices, à
communiquer l'esprit de Dieu. Si l'on nous envoie en exil, nous le
ferons dans l'exil ; si l'on nous jette dans les prisons, nous le ferons
dans les prisons ; si l'on nous enchaîne dans les mines, nous le ferons dans les mines ; si l'on nous chasse d'un royaume, nous passerons dans un autre. Il nous a été dit que jusqu'au jour où il sera demandé compte à chacun de ses œuvres, nous n'épuiserons pas les
royaumes de la terre. Mais si l'on nous chasse de partout, si la puissance de l'antechrist vient à s'étendre sur toute la face du monde,
alors, comme au commencement de l'Eglise, nous fuirons dans les
tombeaux et dans les catacombes. Et si enfin on nous poursuit jusque-là, si l'on nous fait monter sur les échafauds, dans tout noble
cœur d'homme nous trouverons un dernier asile, parce que nous
n'aurons pas désespéré de la vérité, de la justice et de la liberté du
genre humain. »

Lorsque l'orateur exposait, en 1837, la doctrine générale de l'E-
glise, et qu'il la représentait comme l'union souveraine et complète
de la science et de la foi, comme la seule autorité qui possédât le secret du bien et du mal ; lorsqu'il confirmait la suprématie spirituelle de
l'Eglise par la Tradition, par l'Ecriture, par la Raison et par la Foi ;
lorsqu'enfin il traitait des moyens d'acquérir la foi, et qu'il parlait si
admirablement de la Prière, il retrouvait toutes ses plus inépuisables
ressources, l'intarissable abondance de son esprit, la magnificence
habituelle de ses accents, cette fortune de vives saillies et de rapports
secrets qui l'unissent si étroitement à la situation des âmes au
XIXᵉ siècle.

En reparaissant, après sept années de silence, dans la chaire de
Notre-Dame, l'esprit du P. Lacordaire avait mûri sans doute, mais il

n'avait pas vieilli. On s'en aperçut bien, à la manière large et féconde avec laquelle, agrandissant et creusant encore sa propre pensée, il décrivit les effets produits sur l'esprit et sur l'âme par la doctrine catholique.

Ce qu'on admira le plus alors, ce fut la pénétration psychologique, tantôt fine et déliée, tantôt énergique et véhémente, dont fit preuve le P. Lacordaire en parcourant le cercle entier des répulsions inspirées à la raison et aux sentiments de l'homme par la doctrine catholique, et en célébrant la victoire divine et mystérieuse de la loi sainte sur l'opposition réunie des hommes d'État, des hommes de génie et du bon sens positif. Cette savante analyse est comme résumée dans ce mouvement oratoire de l'une de ses péroraisons : « O mes amis, Dieu seul connaît vos destinées ; mais, quoi qu'il arrive, premièrement et avant tout, ne vous étonnez pas. Le Christianisme catholique, c'est Milon de Crotone sur son disque huilé : nul ne l'y fera glisser, et nul ne l'en arrachera. Quand donc vous verrez les vents se lever, les nuées se noircir, souvenez-vous que, si votre part est de prouver la vérité de sa doctrine par la fermeté de votre adhésion et de votre amour, c'est la part de vos adversaires de la prouver aussi, malgré eux, par la violence de leur répulsion ; souvenez-vous que c'est la rencontre permanente de ces deux mouvements, le croisement invincible de ces deux épées sur la tête de l'Eglise, qui forme éternellement son arc de triomphe. Et, en second lieu, ô mes amis, que vos vertus soient toujours plus grandes et plus visibles que vos infortunes, afin que la postérité, qui est le premier jugement de Dieu, en vous trouvant par terre, vous y trouve comme ces soldats qui tombent la poitrine vers l'ennemi, et prouvent, tout morts qu'ils sont, qu'ils étaient dignes de vaincre, si c'était le sort du courage et du droit de l'emporter toujours. »

On remarqua beaucoup aussi les étincelantes couleurs des conférences dans lesquelles l'orateur sacré parla successivement de l'humilité, de la chasteté, de la charité, cette triple couronne de la doctrine catholique, que tous les plagiats tentés par les fausses religions ou les fausses philosophies n'ont jamais pu lui dérober. Rien ne parut plus beau et plus vrai que les louanges données à l'essentiel et glorieux attribut de la doctrine catholique, la ferveur de l'expansion, le dévouement de l'apostolat, et, comme les nomme le P. Lacordaire, la charité de doctrine et de fraternité. Ce qu'il dit encore des saints et des docteurs catholiques, considérés comme l'un des caractères particuliers à l'Église catholique, ne fut pas moins applaudi de tous.

Plus tard, revenant toujours, par le penchant élevé que nous avons souvent remarqué, aux vérités générales et sociales contenues dans le Christianisme, le P. Lacordaire aborda les effets de la doctrine catholique sur la société. Il fit voir que la société intellectuelle fondée par la doctrine catholique est excellemment supérieure à celle qu'ont fondée le rationalisme, l'autocratie ou l'hérésie. Il signala historiquement et doctrinalement les raisons de ce fait si grave. Il démontra l'influence bienfaisante de la doctrine catholique sur la société naturelle, quant au principe du droit, à la propriété, à la famille, à l'autorité. Il rappela les services rendus à la dignité de l'homme, au respect de la femme, à la sainteté du mariage, à la liberté humaine et au gouvernement des hommes par l'unité, l'universalité, l'immortalité de l'idée catholique, et prit en main, avec une force toujours croissante, l'immense part qui revient au catholicisme dans la destruction de l'esclavage, dans l'affranchissement graduel de l'humanité, dans les progrès de la civilisation, et dans toutes les plus nobles espérances du droit et de la liberté modernes. Mais il n'oublia pas d'avertir que la religion catholique avait seule la force de tempérer la liberté qu'elle a enfantée dans le monde, et que c'était la destinée des fils de la Bible de conquérir et de couvrir toute la terre.

Enfin, dans la dernière année, après avoir épuisé toutes les merveilles morales, intellectuelles, scientifiques, sociales, produites dans l'Eglise et par elle, le P. Lacordaire arrive à l'auteur divin de l'Eglise, à Jésus-Christ. Il considère tour à tour Jésus-Christ dans sa vie intime et miraculeuse, dans sa puissance publique, dans l'établissement, la prospérité et le progrès de son règne. Il établit, par la révélation primitive, par les prophéties, par la tradition biblique, que Jésus-Christ s'est préexisté à lui-même, comme il s'est survécu à lui-même par sa doctrine et par l'enseignement de l'Eglise. Puis, dans ses trois dernières conférences, il réfute les efforts du rationalisme pour anéantir, dénaturer ou expliquer *humainement* la vie de Jésus-Christ. Dans l'une, il assigne à Jésus-Christ son caractère et sa place historiques, et il mérite que M. Mignet ait dit de cette conférence que c'était une *excellente leçon d'histoire*. Dans la seconde, il fait justice des rêveries érudites du docteur Strauss. Dans la dernière, enfin, il maintient, avec sa grandeur accoutumée, que ni le panthéisme oriental, ni l'hébraïsme, ni le platonisme, où les rationalistes vont chercher les sources naturelles de la religion chrétienne, n'ont pu amener le règne de l'Evangile, et qu'au contraire ces trois pensées religieuses ou philosophiques eussent été un obstacle de plus, une ardente contradiction de plus à l'avénement du Christ, si cet avénement n'eût été divin.

Au premier aspect, il semble fort inutile que nous tracions ainsi, comme une ligne aride, la suite des conférences du P. Lacordaire. Quelques fragments, lus ou cités, en apprendront beaucoup plus sans doute sur leur valeur intrinsèque et extérieure que l'indication sèche d'une sorte de tables de chapitres. Mais il était bon peut-être que nous disions ce que nous avons dit ; car, d'abord, ces prédications étant le devoir, le but, la vie du Frère-Prêcheur, elles appartenaient nécessairement à notre plan. Ce n'est pas assez ; nous devions montrer par quelles voies moins battues, sous quels aspects moins épuisés, il a voulu prouver au XIXe siècle la vérité, la beauté, la divinité de la religion chrétienne. Nous avions ensuite à fortifier notre conclusion prévue, c'est que le P. Lacordaire aime à prendre le Christianisme plutôt par ses hauteurs générales que par le côté, pour ainsi dire, individuel ; que, sans négliger les rapports du Catholicisme avec l'homme privé, il a jusqu'ici bien plus insisté sur l'influence de la religion sur l'homme social : à ce point que, dans ses plus belles conférences sur la chasteté, l'humilité, la fraternité, la charité, l'apostolat catholiques, sont contenus et agités les principaux problèmes sociaux qui tourmentent les esprits modernes.

Presque toujours la part dominante de l'éloquence du Dominicain, c'est de faire pénétrer dans l'âme de ses auditeurs la conviction que la doctrine chrétienne donne aux peuples qui la possèdent la nationalité la plus forte, la plus libre, la plus expansive ; que nulle autre religion n'a assuré aux sociétés humaines une pareille liberté civile et politique ; que nulle utopie socialiste ou radicale n'arrivera jamais aux merveilles de l'égalité évangélique, et n'introduira entre le pouvoir et les gouvernés, entre les riches et les pauvres, des liens plus doux d'obéissance et de commandement, de secours et de pitié, dégagés de haine, d'envie, d'humiliation, et que nulle autre doctrine enfin n'est plus éminemment favorable au développement moral de l'Etat comme de la famille, à l'ennoblissement des mœurs comme de l'esprit, aux progrès de l'intelligence comme au perfectionnement du cœur.

Le Catholicisme ainsi présenté aux douteurs de notre temps, aux folles spéculations métaphysiques, politiques, humanitaires, qui nous inondent, n'a-t-il pas la chance manifeste d'être mieux écouté, mieux connu, mieux jugé? et le P. Lacordaire n'a-t-il pas bien mérité de la cause de Dieu, en l'offrant aux hommes, aux populations, tels qu'ils sont faits aujourd'hui, sous le vêtement, sous la physionomie qu'ils aiment le mieux[1] ?

Que si, dans cette intarissable richesse d'improvisation, qui emprunte à la fois ses doctrines, ses raisonnements, ses exemples, ses couleurs, ses images, à la théologie, à la philosophie, à l'histoire, à la poésie, à toutes les préoccupations du siècle, on a pu surprendre çà et là quelques témérités de langage, quelques inexactitudes de pensée, quelques subtilités de dialectique, quelques étranges contrastes de grandeur et de familiarité, je ne sais quel mélange de mondain et de contemplatif, faudra-t-il donc s'en étonner sévèrement? Et nos paroles n'ont-elles pas suffi à faire comprendre que la place que s'est faite à part le P. Lacordaire dans l'éloquence chrétienne, et dans la vie sacerdotale et religieuse, tient précisément à l'étonnant assemblage de tant de qualités si brillantes et si contraires? Ne pas excuser ce qui lui manque, ne point pardonner les défauts légers qui lui restent, c'est vouloir nier et détruire son originalité. Rectifiez un trait imparfait du visage d'un homme, du visage le plus beau, vous lui

[1] Au moment où ces pages sont déjà toutes écrites, nous apprenons qu'une nouvelle fortune d'éloquence vient comme au-devant du P. Lacordaire. Il ira, à la fin du mois de mai prochain, prononcer à Nancy l'oraison funèbre du général Drouot, qui vient de mourir. Nul sujet ne pouvait mieux aller à l'illustre prédicateur que la vie héroïque et simple d'un soldat chrétien qui sut, dans tous les temps, demeurer fidèle à Dieu et à son empereur.

aurez à l'instant même enlevé sa physionomie, sa ressemblance.

Qu'importent d'ailleurs quelques taches dans une parole aussi splendide? O Athéniens, vous occuperez-vous donc toujours du chien d'Alcibiade?

N'est-ce donc rien que cette parole de prêtre, cette âme et ce cœur de prêtre et de moine, s'associant franchement à l'admiration de tout ce qui est beau, de tout ce qui est grand, de tout ce qui est noble, de tout ce qui est savant, de tout ce qui est vrai, de tout ce qui est généreux dans le monde et dans son siècle, et transmettant ses impressions chaleureuses et passionnées à l'esprit d'un jeune et nombreux auditoire? Et n'est-ce pas avoir beaucoup profité au règne de l'Evangile, que d'avoir rappris aux générations nouvelles à chercher la liberté véritable dans les feuillets du livre divin, et de nous amener à unir ce qui n'aurait jamais dû être séparé, la pensée chrétienne avec la liberté politique, l'immortalité catholique avec le patriotisme civil?

Paris. — Imprimerie d'A. René et Cie, rue de Seine, 32.

9 782014 450606